Hanna Ahrens

# Zum Glück kommt manchmal was dazwischen

Eine Auswahl
der schönsten Kurzgeschichten



BRUNNEN
VERLAG GIESSEN · BASEL

Die Texte dieses Lesebuches
sind folgenden Büchern von Hanna Ahrens entnommen:
„Schenk mir einen Regenbogen“
„Feste, die vom Himmel fallen“
„Worte, die den Tag verändern“
„Die kleinen Hindernisse“
„Und manchmal liegt im Abschied ein Geschenk“
„Augenblicke des Glücks“
„Ich möchte über meinen Schatten springen“


www.brunnen-verlag.de
Umschlagcollage: Hanna Ahrens
Umschlaggestaltung: Ralf Simon
Satz: Typostudio Schmidt, Greifenstein
Herstellung: Ebner und Spiegel, Ulm
ISBN 3-7655-3776-4

# Inhalt

# Immer habt ihr Besuch!

Dreimal pro Woche ist nicht immer, aber für die Kinder offenbar zu viel. Sie sind eifersüchtig auf die Gäste, denen unsere Aufmerksamkeit und Zuwendung gehören. Natürlich müssen die Kinder lernen, nicht immer Mittelpunkt zu sein; lernen, Rücksicht zu nehmen und zu warten, aber ... Ich sage also: „Möchtet *ihr* mal meine Gäste sein?“

„Ja! O ja! Aber dann musst du uns auch richtig einladen, schriftlich und so!“

„Gut.“

„Richtig mit der Post!“

„Okay, und ihr müsst dann zusagen oder absagen, telefonisch vielleicht.“

Die „Gäste“ erhalten ihre Einladungen, sind entzückt über die Post und teilen mir von einer Telefonzelle aus mit, dass sie gern kommen wollen. Freitagabend passe gut. Sieben Uhr also.

Eine Stunde vorher gehe ich in die Küche. Ich frage, ob noch jemand helfen kann, Salat, Zwiebeln und Brot zu schneiden, oder ob sie schon Gäste sind.

„Nein. Gäste kommen doch von draußen rein!“ Wir decken noch zusammen den Tisch. Die Schnitzel braten schon in der Pfanne. Isabelle fragt zum sechsten Mal: „Können die Gäste jetzt kommen?“

„Ja, sie können kommen!“

Ich wasche mir die Hände. Hätte ich mir eine Schürze umgebunden, müsste sie natürlich schnell verschwinden. Es klingelt. Der Dackel bellt, wie immer.

Vor der Tür stehen meine vier Gäste: Susanne im langen Kleid mit eingewickeltem Blumenstrauß. Johannes macht ein höfliches Gesicht und so etwas wie eine Verbeugung, an

Blumen hat er nicht gedacht. Isabelle hüpft vor Vergnügen, und Micha ist bequem gekleidet: Er trägt seine alte Schneehose und den Rollkragenpullover mit Loch am Ellbogen. Aber so etwas erwähnt man bei Gästen ja nicht.

„Blumen? Ach, wie nett! Osterglocken, meine Lieblingsblumen, und sogar weiße! Es sind meine ersten in diesem Jahr. Vielen Dank, Fräulein Susanne. Das ist aber reizend!"

Isabelle sagt: „Du? – Ich meine: Sie? Sie müssen nicht denken, dass ich nichts für Sie hätte. Ich habe Ihnen dies Haus gemacht mit Fenstern drin und einer Tür zum Aufmachen."

„Ach, wie toll! Vielen Dank! Wir stellen gleich eine flache Kerze hinein, dann leuchtet es schön. Ja, darf ich meine Gäste dann bitten, Platz zu nehmen?" Micha sitzt schon. Er hat ohne zu zögern den strategisch günstigsten Platz (neben der Schüssel mit Eiscreme) eingenommen.

Das Essen schmeckt gut. Schwarzer Tee mit Milch war als Getränk gewünscht worden, damit man länger wach bleibt. Gäste können ja bleiben, solange sie wollen, man kann sie nicht nach Hause schicken.

Für Isabelle ist der Tee noch zu heiß. Da sie wie immer neben mir sitzt, füttere ich sie mit dem Löffel, und weil ihr kleines, rosiges Gesicht im Kerzenlicht so schön glänzt, so fest und rund aussieht, gebe ich ihr einen kleinen Kuss darauf. Susanne darauf empört: „Mammie!! Gäste küsst man doch nicht!"

„Oh, Entschuldigung!"

Das Telefon klingelt.

Als ich sage: „Würde es Ihnen etwas ausmachen, wenn ich morgen zurückrufe? Ich habe gerade vier Gäste", freuen sich meine vier Gäste ganz unverhohlen.

Micha nimmt sich Zucker zum Tee. Auch beim zweiten vollen Löffel kann man als Gastgeber ja nichts sagen. Man guckt einfach in eine andere Richtung. Er hat gut gegessen. Trotzdem frage ich ihn: „Möchten Sie noch etwas Fleisch?"

Micha, der seine Rolle für einen Moment vergessen hat, sagt: „Nee, mehr kann ich nicht, dann müsste ich kotzen!"

„Micha, das sagt man nicht als Gast! Man sagt: Nein, danke, es hat gut geschmeckt."

Micha: „Hat es auch. So gut bin ich noch nie bedient worden! Ist das hier eigentlich ein Restaurant? Ich meine, könnte ich mir auch eine Coca bestellen?"

„Nein. Das ist eine private Einladung. Man trinkt, was einem angeboten wird."

„Ach so!"

„Darf ich die Teller dann schon nehmen? Sie möchten ja vielleicht noch etwas Nachspeise?"

Ich räume den Tisch ab. Den Kindern ist es ein wenig peinlich. Aber nur so wenig, dass es sie nicht hindert, das Ganze mit glucksendem Vergnügen zu genießen. Aus Gewohnheit greift Johannes zur Reisschüssel, aber ich wehre ab: „Bemühen Sie sich doch nicht!" Das leuchtet ihm sofort ein. Auf dem Weg zur Küche überlege ich mir, wie lange ich wohl brauchen werde, bis das mühsam eintrainierte Abdecken und Helfen wieder funktioniert.

Isabelle sieht angebissenes Brot auf einem der Teller liegen, läuft hinter mir her und sagt: „Mammie??!! Ich meine: Frau Pastorin! Fräulein Susanne hat ihr Brot nicht aufgegessen!"

Das Petzen ist meinen Kindern, selbst wenn sie Gäste sind, so schnell nicht abzugewöhnen. Ich schlage meinem jüngsten Gast vor, das Brot dem Hund zu geben, der geröstetes Meterbrot auch mit Knoblauch frisst.

Während die Gäste in den Sesseln Platz nehmen und sich ihre Lieblingsplatte auflegen („Morgens um sieben ist die Welt noch in Ordnung"), fülle ich die Spülmaschine. Sie machen es sich mit Kissen auf dem Teppich bequem. Als ich wieder zu ihnen komme, sagt Susanne: „Warum findest du es eigentlich schön, Gäste zu haben? Es ist doch so viel Arbeit für dich?“

Ich sage: „Das macht nichts. Ich freue mich, wenn ich mit Leuten zusammen sein kann, die ich gern mag, mit ihnen essen und mich unterhalten.“

„Und weil du gern Blumen in der Wohnung hast, nicht?“

„Ja, das auch.“

Johannes fragt: „Dürfen Gäste eigentlich sagen, was sie gern möchten?“

„Ja, wenn man sich gut kennt, kann man das sagen.“

„Na ja, wir kennen uns doch gut, oder?“

„Doch!“

„Also dann: Ich möchte gern fernsehen!“

Die anderen sagen: „Ja, wir auch!“

Was soll man als Gastgeberin machen?

Der Film erweist sich als langweilig, und so rollen sich die weiblichen Gäste nach einiger Zeit in Wolldecken und schlafen wie Rollmöpse auf dem Teppich, während der Tee bei Männern offenbar intensiver wirkt. Johannes und Micha sind noch ganz wach. Kein Zeichen zum Aufbruch.

Gegen elf bin ich so müde, dass ich gern ins Bett ginge. Ich sage also, dass sie sich ja hier auskennen und es ihnen sicher nichts ausmacht, wenn die Gastgeberin sich schon ein wenig zurückzieht.

Nein. Das ist okay.

Johannes hilft mir, die schlafende Isabelle in ihr Etagenbett zu heben, wo sie angezogen weiterschläft. Susanne wankt halb schlafend in ihr Zimmer und ich in meines. Da sagt Micha: „Ich komme mit. Du hast gesagt: Gäste kann man nicht wegschicken.“ Micha kommt also mit mir ins Bett. „Keine Angst, ich halte die Stiefel aus dem Bett raus!“

„Gut! Schlafe gut!“ Ich knipse das Licht aus und bin gerade am Einschlafen, als Micha sagt: „Ich finde mein Bett doch bequemer. Also: Ich gehe jetzt. Vielen Dank für den Abend. Ich würde Sie auch gern mal einladen.“

„Ja.“

„Bringen Sie mir dann auch etwas mit?“

„Ja.“

„Also: Tschüss Mammie!!“

Ich schlafe. Da heult Isabelle in lang gezogenen Tönen. Micha kommt, um mir mitzuteilen, dass Isi weint, was wirklich nicht zu überhören ist. Soll sie kommen. Sie hat Angst.

„Warum?“

„Ich hab' geträumt, ein Dieb ist in die Küche gekommen und hat den ganzen Zuckertopf leer gemacht!“

„Dann schlafe lieber hier in Vaters Bett; er kommt ja erst übermorgen zurück.“ Sie schläft sofort ein; ich auch. Als ich morgens aufwache, sitzt sie über mich gebeugt und sagt: „Ich hab' dich so lange angeguckt, bis du aufgewacht bist. Gut, nicht?“

„Ja. Guten Morgen, mein Schatz!“

„Und ich bin noch angezogen von gestern! Das machen wir jetzt immer so, nicht?“

„Immer vielleicht nicht, aber manchmal ist es ganz schön.“

„Sind wir immer noch deine Gäste?“

„Nein, nun seid ihr wieder meine Kinder!“

„Ja, Mammie, wir wollen lieber deine Kinder sein.“

„Warum?“

„Find' ich besser!“

# Warte, ich hole die Eieruhr!

Abends, wenn ich Micha und Isabelle ins Bett bringe, sage ich manchmal: „Lieber Gott, ich danke dir für unsere Kinder ..." Dann sind unsere Kinder sehr glücklich. Sie sollen wissen, dass wir uns freuen, sie zu haben. Wir bitten Gott, dass er uns alle heute Nacht behüten möge und wir morgen fröhlich aufwachen. Amen.

Da sagt Micha: „Und was ist mit den Kranken und denen, die sterben? Die hast du im Stich gelassen!"

„Ja, das ist wahr. Dann wollen wir den lieben Gott bitten, dass er ihnen ganz nah ist und sie tröstet."

Das tröstet auch Micha, und er ist bereit, sich hinzulegen. Ich gebe Isabelle – im oberen Etagenbett – einen Kuss und setze mich zu Micha auf das Bett: „Schlaft gut und redet jetzt nicht mehr!" Micha legt mir seine Arme wie eine Schlinge um den Hals. Er liebt mich, aber vor allem will er mich festhalten und so das Einschlafen hinauszögern. Isabelle beugt sich von oben herunter und ruft: „Weggehen! Mammie!! Geh weg! Du hast länger mit Micha geschmust als mit mir!"

„Ach Isabelle! Ich kann das doch nicht mit der Stoppuhr abmessen!"

„Nein, warte! Ich hole die Eieruhr!"

Gerechtigkeit ist das halbe Leben und Eifersucht die andere Hälfte. Also: mit jedem eine Eieruhrlänge! Nach diesen zehn Minuten, die wir alle in Frieden genießen (als ich etwas sagen will, protestiert Micha: „Nicht reden! Reden verdirbt alles! Ich will das genießen!"), sind wir müde. Ich wäre am liebsten mit ins Kinderbett gesunken und eingeschlafen. Aber dann kommt Susanne. Sie begreift sofort, was hier vorgegangen ist, und sagt: „Das will ich auch! Gute Idee! Kommst du jetzt in mein Zimmer?"

„Ja.“

Die Eieruhr, die ich ursprünglich als Zeitmesser für das Zähneputzen gekauft habe – denn wie lange Eier kochen, habe ich im Gefühl; weshalb die Familie zum Frühstück, wenn überhaupt, harte Eier kriegt –, diese Eieruhr ist nun also unser Abmesser, unsere Waage für Gerechtigkeit und Liebe nach Minuten.

Ich denke, wie anders das doch andere Mütter machen. Sie lesen Geschichten, bis die Kinder eingeschlafen sind. Bei uns wäre ich zuerst eingeschlafen! Oder sie segnen ihre Kinder. Bei Michas Patentante ist es mir unvergesslich. Sie legt ihren Kindern das Kreuz auf die Stirn und spricht den Segen. Was bedeutet das für Kinder, die ja so wie wir Angst und Hetze, Stress und Traurigsein kennen, wenn es heißt: „Es segne dich Gott, dein Vater, der dich so schön gemacht hat; Jesus, sein Sohn, der dir alles Traurige wegnehmen kann, und der gute Geist von beiden, der dich eines Tages in den Himmel bringen wird!“

# Das Zauberwort

„Schläft ein Lied in allen Dingen,
die da träumen fort und fort,
und die Welt hebt an zu singen,
triffst du nur das Zauberwort.“

Ganz zufällig kam mir dieser Vers von Eichendorff wieder in die Hand. Ich liebe ihn, und ich weiß, was mich an ihm so fasziniert: Das „Zauberwort“, das Wort im Herzen des Dichters, vermag die Welt zu verwandeln.

Aber ist nicht jedes Wort – gehört oder gesprochen – so etwas wie ein Zauberwort? Es kann fröhlich oder traurig machen, Mut wecken oder tiefer in die Verzweiflung stoßen. Wie viel verändert sich durch ein Wort, das mir jemand sagt oder schreibt! Und wie anders sieht mein Tag aus, wenn ein Wort von Gott mich trifft.

Während ich über diesen Zusammenhang nachdenke, kommt Isabelle mit ihrem Fahrrad durch den Garten auf die Terrasse: „Stell dir vor: Zwei Stunden sind ausgefallen, ist das nicht toll? Und keine Schularbeiten!“

„Schön, dann kannst du ja spielen“, sage ich. „Spielt doch am Teich und lasst Schiffe schwimmen!“

„Am Teich mag ich nicht spielen, da hat Jens gestern mit seinem Katapult eine Ente totgeschossen – sagt er –, und gegessen hat er sie auch. Kannst du mal mitkommen?“

Isabelle ist den Tränen nahe.

„Jetzt nicht. Nachher!“

„Nachher musst du mir auch noch 83,– DM für die Klassenfahrt geben. Und 2,50 DM für seltene Tiere, die zu uns in die Turnhalle kommen. Krokodile und so ..., meinst du, auch Fische?“

„Ich weiß es nicht.“

Isabelle merkt, dass meine Aufmerksamkeit der Schreibmaschine gilt. „Dann gehe ich eben nach oben, wenn du mich nicht haben willst."

Das Fischauto klingelt. Richtig! Heute ist ja Dienstag! Ich kaufe vier Schollen, das wird reichen.

Danach ist Ruhe, für fünf Minuten etwa. Dann ruft meine Schwester an. Sie wollte mir sagen, wie es Andreas in der Schule geht und dass Claudia schon wieder Mittelohrentzündung hat.

Ich bin einsilbig. „Ach?", „Hm!", „Tut mir Leid!" Sie legt wieder auf.

Durch das Seitenfenster sehe ich Frau Olschewski kommen. Sie trägt zwei schwere Eimer. Es sind wurmstichige Falläpfel. Gestern waren es harte Birnen.

Ich gebe ihr ein halbes Brot und stecke etwas Geld in ihre Schürzentasche. „Vielen Dank, aber mehr Obst kann ich jetzt nicht verbrauchen ..."

Sie nickt und geht und dreht sich noch einmal um. „Es ist ganz schlimm, wissen Sie ... Ich habe Ihnen das noch gar nicht erzählt ... Sie haben mir wieder mein Sparbuch gestohlen, ich weiß auch, wer es ist ... Da könnte ich Ihnen was erzählen ..."

Aber da sie mir all das gestern schon erzählt hat, lasse ich sie gar nicht erst ausholen.

Als ich wieder am Schreibtisch sitze, weiß ich, was das „Zauberwort" gewesen wäre: Ein paar Worte mehr oder ein wirklich freundliches Wort, durch das etwas von Gottes Liebe hätte durchscheinen können. Ein Wort, das ihren Tag erhellt und erwärmt und „verzaubert" oder jedenfalls etwas erträglicher macht, das Tränen verhindert. Wie soll ich ihnen sagen, dass es mir Leid tut? Ich hoffe, sie kommen wieder und rufen wieder an – morgen und übermorgen.

# Meine kurze Einsamkeit

Als die vier Kinder vier Wochen Grippe gehabt hatten – jedes eine Woche –, dachte ich: Ich möchte auch mal im Bett liegen mit Kamillentee und Vanilleeis, mit Büchern und einem Dackel, der mir die Füße wärmt.

Mein Wunsch ging sofort in Erfüllung – einen Tag, nachdem mein Mann seine sechswöchige Dienstreise angetreten hatte.

Während ich mit Judith telefonierte, begannen die Magenkrämpfe, dann Schüttelfrost und Muskelschmerzen, Haut und Knochen taten weh.

„Kinder“, sagte ich, „jetzt habe ich die Grippe.“

„Du?“, sagten sie, „wie kommt das? – Dann musst du in die Badewanne und gleich ins Bett.“

„Und ihr esst allein Abendbrot?“

„Na klar!“

Es war wunderbar in der heißen Badewanne, bis die Tür aufging und Isabelle sagte: „Ich komme zu dir in die Wanne, dann wird das Wasser noch wärmer!“

„Hm!“

Und als sie so dastand, sagte ich: „Wie groß du bist! In diesem Jahr wirst du schon sieben! Aber du bleibst immer mein kleiner Schatz.“

„Ja“, sagte Isi, „und ich gehe auch immer für dich zum Kaufmann, wenn du kein Salz hast oder keinen Zucker.“

Im Bett war es warm und dunkel, ganz still.

Alles tat mir weh. Aber wie schön, einmal so allein zu sein! Keiner wollte etwas von mir. Ich war gerade am Einschlafen, als die Tür aufging.

„Mammie??!!“, sagte Susanne, „du hast nicht mit uns gebetet.“

„Ja, stimmt. Könnt ihr heute vielleicht mal alleine ...“

„Ja – Mammie? Kann ich auch dafür beten, dass Tipsy (unser Dackel) Junge kriegt?"

„Ja."

„Mammie?? Wie viel Junge darf Tipsy kriegen? Zwei oder drei?"

„Zwei!", sagte ich mit letzter Kraft. Und mit der Vision von jaulenden und winselnden Hundebabys, die hinter Tipsy her durchs Haus flitzen, auf den glatten Stufen abrutschen und hinfallen ... schlief ich ein. Susanne würde Micha wecken, der früh zur Schule musste. Sie hatte den Wecker ...

Als ich morgens aufwachte, hörte ich sie mit Tellern klappern. Wie schön! Ich konnte im Bett bleiben. Wenn jemand kam, würde ich mich schlafend stellen.

Wunderbar, so im Bett zu liegen! Ich konnte über alles Mögliche nachdenken. Warum – zum Beispiel – lag ich überhaupt im Bett? Ach ja, ich war krank! Was hatte ich denn? Richtig, Grippe! Aber eigentlich fühlte ich mich doch ganz gut. Ausgeschlafen wie selten. Warum stand ich nicht auf?

Susanne sagte: „Du, ich muss mich wieder hinlegen. Meine Grippe war doch noch nicht ganz zu Ende. Bringst du mir Kamillentee mit Honig? Aber nicht so heiß!"

„Ja, gleich, mein Schatz!"

Ich dachte: Wenn Gott nur in der Stille spricht, in Meditation und Einsamkeit – was tun Mütter dann? Und ich erinnerte mich an die Zeile, die ich neulich in einem englischen Buch beim Vorbeigehen in der Buchhandlung las: „Mütter sind Gott am nächsten."

Ich freute mich. Ich weiß nicht, ob es stimmt. Aber vielleicht stimmt es deshalb, weil Mütter sich so viele Sorgen um ihre Kinder und ihren Mann machen und diese Sorgen Gott immer wieder sagen und so mitten in der Arbeit bei ihm sind.

# Wie gut habe ich es!

Schon wieder ist es zwölf Uhr mittags. Ich muss aufhören – gerade, wo ich mitten in der Arbeit bin. Ich muss das Mittagessen kochen. Ich bin ärgerlich und unzufrieden.

Aber gleich kommen die Kinder aus der Schule. Dann überfallen sie mich mit allem, was „blöd" war: Die Möllendorf hat die Arbeiten nicht zurückgegeben ... die ganze Pause wurde durchgearbeitet ... Mathe konnte keiner begreifen, weil der Schmitt nicht erklären kann ... und dann war die Ampel so lange rot ... das Fahrradschloss klemmte ...

Ich stehe am Herd, und weil mein Mann gerade auf Reisen ist, gibt es Apfelpfannkuchen. Äpfel und Teig sind schnell vorbereitet, die Platte ist eingeschaltet. Langsam wird das Öl in der Pfanne heiß. Die Wärme steigt auf und wärmt mir die vom Schreiben ein wenig steifen Finger. Wie schön! Wie schön, einen Herd zum Kochen zu haben, Eier, Mehl, Milch und Fett und sogar Äpfel dazu. Die Äpfel, all die Äpfel, die Freunde uns schenkten, reichen immer noch.

Die Pfannkuchen sind in der Pfanne. Es duftet nach heißen Äpfeln, die sauren Boskop duften ganz besonders. Wie schön – ich habe ein warmes Essen für die Kinder! Ich probiere den ersten Pfannkuchen am Herd, streue ein wenig Zucker darüber. Er schmeckt herrlich. Ich habe Hunger und kann essen, mein Magen ist gesund.

Gleich werden die Kinder kommen, wie jeden Mittag. Aber so selbstverständlich ist es nicht. Sie müssen über drei verkehrsreiche Straßen, eine hat keinen Überweg. Wo sie nur bleiben?

„Herr, behüte sie! Ich danke dir für die Kinder! Wie gut, dass sie alle noch bei uns sind und dass wir gleich zusammen essen werden. Wie gut habe ich es! Herr, ich danke dir!“

Und ich denke: Wie selbstverständlich nehme ich es hin, dass ich eine Familie habe; Kinder und einen Mann, der mich liebt. Nachbarn und Freunde, ein Haus und ein Auto, Kleidung und Essen. Aber auch all das Außergewöhnliche und Schöne, Freude und Überraschung – ohne zu danken, rinnt es mir wie Wasser durch die Finger. Bei allem, was ich habe – habe ich nicht nur das wirklich, wofür ich Gott danke?

Ein Freund sagte neulich: „Weißt du, dass es jeden Tag mindestens zehn Dinge gibt, für die du danken kannst? Versuche es mal!“

„Du meinst, das wäre eine gute Übung für Christen?“

„Nein, keine Übung! Das wäre Leben. Gott loben und leben – das ist dasselbe.“

## Der Kaffee schmeckt anders

Der Tag begann damit, dass zwei unserer vier Kinder Grippe hatten und das Aquarium plötzlich undicht war. Bücher und Noten mussten trockengebügelt werden. Und am Abend, als ich zum dritten Mal das Geschirr vom Tisch in die Spülmaschine räumte, hatte ich das Gefühl: Ich ersticke zwischen Töpfen und Tellern, Wärmflaschen und Bügeleisen. „Ich muss einmal raus. Ich möchte verreisen, ich ganz allein! Irgendwohin!“

„Wohin willst du denn?“, fragte Johannes.

„Das weiß ich eben nicht!“

Als die Maschine eingeräumt war, wusste ich es.

„Ich fahre nach Zürich! Zwanzig Jahre lang bin ich nicht in Zürich gewesen! Drei Jahre habe ich damals in Zürich studiert. Ich möchte meine alten Freunde und Lehrer besuchen und mit ihnen reden ..."

„Ja", sagte Theo, „das ist eine gute Idee! Ich könnte es einrichten, könnte ein paar Tage zu Hause arbeiten. Nächste Woche ginge es."

Und dann sitze ich in der Bahn. Es ist kein Traum. Die Landschaft gleitet an mir vorüber, ich habe die Rückfahrkarte Hamburg – Basel – Zürich in der Tasche. Die Felder sind abgeerntet und umgepflügt, das Land ruht sich aus. Die Farben verhalten: braun, schwarz und ocker. Nur die Buchen noch goldgelb; da, wo die Sonne den Dunst durchdringt. Wie erholsam.

Ich lehne mich zurück und lege das Strickzeug beiseite. Ich wollte ja einmal nicht arbeiten. Die Birnen aus der Plastiktasche biete ich den Mitreisenden an. Sie nehmen eine und essen, wie selbstverständlich. Der alten Dame helfe ich beim Kreuzworträtsel. Gebirge mit drei Buchstaben ist meine Spezialität. (Und ich denke daran, wie ich über die Ausläufer des Ida-Gebirges auf Kreta fuhr.) Aber leider kommt es nicht vor. Es ist gar nicht so leicht, nichts zu tun, wenn man sonst sehr viel tut. Ich schließe die Augen und versuche zu beten, aber meine Gedanken schweifen immer wieder ab. Ob es recht war, einfach so wegzufahren? Vier ganze Tage? Mein Herz ist unruhig wie ein See, auf dem Wellen sind, in dem der Himmel sich nicht spiegeln kann.

Als ich ankomme, ist es in Zürich dunkel und kalt. Meine Freundin holt mich ab. Sie hat zu Hause ein Essen vorbereitet. Wir essen und reden, und ich bleibe die erste Nacht bei ihr.

Als wir den Morgenkaffee trinken, kann ich langsam glauben, dass ich in Zürich bin. Der Kaffee schmeckt anders. Und die ganze Stadt riecht anders. Die Geräusche sind anders. Es gibt noch Straßenbahnen, die quietschen, und an den Ecken Maroni-Männer, die Esskastanien über Holzkohle rösten.

Ich gehe zu Fuß – den ganzen Tag. Ich möchte alle Wege einmal wieder gehen: an der Limmat entlang, über die Großmünsterbrücke und an den See. Vom Bellevue-Platz fährt die blaue Straßenbahn zur Universität und dann weiter auf den Zürichberg. Wie oft bin ich diese Strecke gefahren. Aber heute will ich gehen.

Als ich vor der Uni stehe, zögere ich, hineinzugehen. Es ist dasselbe Gebäude, aber nun fremd und gleichgültig. Wie früher gehe ich durch die Mitteltür, die sich immer noch schwer öffnen lässt, die breite Steintreppe hinauf zum Audimax, es ist gerade Pause. Der Innenhof mit Palmen und Philodendron wie damals, aber jetzt kenne ich niemanden, und keiner kennt mich. Ich kann wieder gehen.

Draußen neben der Uni ein Plakat: „Kinder brauchen Zuneigung." Sicher, denke ich, und die haben sie ja auch! Weiter unten das Kunsthaus dann und vor der Bank ein neues Plakat: „Kinder brauchen Geborgenheit!" Obwohl es eine Werbung für das Anlegen von Sparbüchern ist, legt es sich mir wie Mehltau auf die Seele. Ich weiche aus und gehe hinüber zum Schauspielhaus. „Stella" wird gespielt, zum letzten Mal. Und neben dem Eingang ein Postkartenständer: „Kinder aus aller Welt sehen dich an."

Das ist nicht fair, denke ich. Ich habe sie ja nicht für immer verlassen, sondern nur für vier Tage, und ihr Vater sorgt für sie. Er wird Eis und Pommes frites kaufen und alles, was sich leicht kochen lässt. Sie haben es viel besser! Sie werden es genießen. Und ich will meinen Tag genießen.

In den Pappkartons vor dem Buch-Antiquariat stehen Taschenbücher, fest eingeklemmt. Wahllos ziehe ich eines heraus: Heinrich Verdenmeiler, Dein Gewissen reist mit.

Schnell gehe ich weiter und beginne zu ahnen, was Verfolgungswahn sein könnte, als sich, wie zum Trost, ein großer schwarzer Hund zu mir gesellt. Wie aus dem Nichts taucht er auf und bleibt an meiner Seite. Er glaubt nicht, dass es in meiner Tasche außer Eukalyptusbonbons nichts Essbares gibt. Aber weil mir seine Gesellschaft gut tut – ich bin es nicht gewohnt, so ganz allein zu sein –, gehe ich in einen Laden und kaufe ihm trockene Kekse, für meine Familie ein paar Weintrauben.

„Nächstes Mal", sagt der Mann, „lassen Sie den Hund bitte draußen!" Ich verspreche es.

In der ganzen Münstergasse und Niederdorfstraße riecht es nach Hackbraten und Spaghettisoße. Ob er deswegen die Kekse nicht frisst? An einer Ecke verabschiedet er sich. Er geht so selbstverständlich, wie er gekommen ist.

Am nächsten Tag bin ich bei einem früheren Lehrer zum Mittagessen eingeladen. Eine halbe Stunde fahre ich mit der Vorortbahn am Zürichsee entlang. Als der Zug hält, sehe ich ihn auf dem Bahnsteig stehen. Ich habe ihn sofort erkannt und winke. Wir gehen den Hang hinauf zu seinem Haus. Er erzählt von seiner Arbeit an einem Aufsatz, und später dann im Haus reden wir von alten Zeiten, von Seminaren und Bergtouren, auch von seinen Töchtern. „Die Älteste", sagt er, „hat vor vier Jahren ihren Mann verloren und jetzt einen ihrer drei Söhne durch einen Verkehrsunfall. Es ist schwer. Sehr schwer. Wir besuchen sie oft und bleiben immer ein paar Tage." Er erzählt von seinen Amerikareisen und den Vorlesungen dort, und er fragt und hört, was ich erzähle. Seine Frau hat inzwischen für uns gekocht. Als wir uns setzen, sagt er als Tischgebet:

„Lass uns in dem, was du uns gibst, erkennen, Herr, dass du uns liebst."

Darin ist alles eingeschlossen: Glück und Gelingen eigener Arbeit, Leid und Trauer der Tochter, Betroffensein und

Sorge. Nach Kaffee, Kirsch- und Maronitörtchen verabschiede ich mich. Er begleitet mich zur Bahn; wir machen einen Umweg über den Bergrücken. Die Sonne ist fast noch warm, und der See, in Dunst gehüllt, glänzt im frühen Nachmittagslicht. Ich werde mit dem Schiff zurückfahren. Er trägt die braune Plastiktasche mit Büchern und Kommentaren, die er mir geschenkt hat, und während wir so gehen, reden wir, ein paar Brocken nur, von dem, was uns wichtig ist. Ich danke ihm: „Ich war gern bei Ihnen, aber jetzt fahre ich auch gern wieder nach Hamburg."

„Städte", sagt er, „sind eigentlich alle gleich. Mit Mauern kann man nichts anfangen. Die Menschen, die man liebt, machen den Unterschied. Und all das, was Gott gibt. Gute Reise!"

## Die Hühnerpyramide

„Einen traurigen Menschen trösten ist mehr, als ein Königreich erobern", sagt Martin Luther. Kein Wunder, dass ich heute Abend so müde bin. Zwei Königreiche an einem Tag sind eine Menge!

Es fing damit an, dass Micha – leicht schnaubend – aus der Schule kam, Ranzen, Anorak und Mütze in die Ecke fallen ließ und sich selbst auf die Bank am Esstisch. Er stützte das Gesicht in die Hände.

„Micha, was ist los? Ärger gehabt?", fragte ich.

„Ach was, das gibt's doch nicht! Hühner soll'n wir malen!"

„Hühner? Das ist doch nicht schlimm. Guck mal so!"

„Nein, eine Hühnerpyramide! Vierzehn Stück!"

„Versteh ich nicht. Wieso Pyramide?“

„Weißt du nicht, was eine Pyramide ist?“

„Doch!!“

„Die stehen übereinander, vierzehn Stück, wie im Zirkus.“

„Na, dann legen wir eben Papier aufeinander, schneiden Hühner aus und kleben eins über das andere. Ich mach es dir schnell, und du malst Schnäbel und Beine, fertig!“

„Nein! Außerdem soll ich es machen, nicht du!“

„Dann mach es doch so!“

„Hühner von der Seite sind ja leicht, aber wir sollen die Hühner von vorn zeichnen. Das ist doch beknackt, ich fühl mich total veralbert ...“

„Micha!! Und wozu das Ganze? Für Sachkunde oder Bio?“

„Nein ... für Musik! Wir haben Musik gehört. Da kamen Hühner und Löwen vor, das soll'n wir nun malen.“

„Dann zeichne doch Löwen! Löwen sind ganz leicht! Löwen mit dicken Bäuchen, in denen die Hühner sind, die sie gefressen haben!“

„Jetzt machst du dich auch noch lustig!“

„Nein! Komm, wir haben doch bestimmt irgendein Buch mit Hühnern. Max und Moritz zum Beispiel.“

„Da hängen die Hühner mit dem Kopf nach unten und sind längst tot!“

In Isabelles Sachkundebuch gibt es Hühner aller Art: schwarze, braune, weiße, aber in ungeordneten Haufen; oder: Kopf, mit Kamm und Schnabel als Detailaufnahme. Bein, Fuß, Sporn und Kralle.

Inzwischen ist Susanne aus der Schule zurück: „Hühner? Hühner macht man so: Kopf, Bauch, Schwanz, Flügel, Schnabel, Auge, fertig!“

„Das nützt mir überhaupt nichts! Du weißt ja gar nicht, was ich machen soll.“

Jetzt greift Johannes in das Dilemma ein: „Ich würde lauter Eier malen und sagen: Da sind Hühner drin! Morgen kommen sie raus. Oder du malst einen Hühnerstall und sagst: ‚Die Hühner sind gerade drinnen, weil es regnet.'"

Hannes' Einfälle zum Thema Hühner trieben Micha zu Tränen. Wir brachen unsere Hilfs- und Malangebote vorläufig ab und aßen zu Mittag. Zum Glück gab es keine Hühner!

Nach dem Essen nahm Susanne ein Blatt Papier: „Also, wie viele sollen in die unterste Reihe?"

„Mindestens fünf, sonst wird es ja keine Pyramide."

Susis Hühner, einfache Ausführung, guckten wie Soldaten nach links. Auch ich kann Profile nur nach links malen. Die große Zahl der bereits vorhandenen Tiere ermutigte Micha nun, die Sache fortzusetzen und vor allem zu beenden. Zum Schluss fühlte er sich zu seinen Hühnern so hingezogen, dass er sich entschloss, sie braun anzumalen, einige gesprenkelt, Schnäbel und Füße gelb. Eher zufällig als durch Können sahen sie heiter und leicht aus, und diese Heiterkeit der Hühner übertrug sich auf Micha. Er steckte das Blatt in seine Schultasche und ging nach draußen.

Am nächsten Mittag kam er pfeifend nach Hause.

„Na, was hat sie zu deinen Hühnern gesagt?"

„‚Spitze!' hat sie gesagt. ‚Deine Hühner sind Spitze.' Aber Stefan hat die Hühner sogar von vorn gemalt. So hat er sie gemalt. Aber noch viel besser. Sie gucken einen richtig an und schlagen mit den Flügeln. Aber meine sind auch gut."

Das war das eine Königreich. Das andere war der Nachmittag mit Isabelle und einer Mischung aus Trotzanfall und Verzweiflung über ein schweres Lesestück. Abends waren die Tränen vergessen. Isabelle lag zufrieden im Bett, weil es ja genügt, wenn man etwas so gut macht, wie man kann. Und eines Tages wird sie gut lesen können.

Nur ich habe an diesem Tag wieder einmal nichts von dem tun können, was ich tun wollte. Seit Tagen will ich eine neue Kartenserie entwerfen; Weihnachtskarten zum Thema: Dunkelheit – Licht, Bilder und Grafiken zu Worten der Verheißung, mit denen Gott tröstet. Und dann ist es wieder nichts als der kleine Trost, das Mutmachen und Helfen, wenn es um Hühner und Hausaufgaben geht. Auch sonst war es nicht viel mehr als Aufräumen, Waschen, Einkaufen, Kochen, Tischdecken, Abräumen, Post, Zahnarzt, Abendbrot ... Ist das Leben? Und morgen wird es wieder genauso sein.

Als die Kinder dann im Bett waren, nahm ich noch einmal das Buch mit den Texten von Mutter Teresa in die Hand: „Die Sprache der Hoffnung". Da stand: „Berufung ist einfach der Ruf, Christus ganz zu gehören, in der Überzeugung, dass nichts mich von seiner Liebe trennen kann. Berufung ist die Einladung, sich in Gott zu verlieben und die Liebe unter Beweis zu stellen. Wie liebe ich Gott? Wie beweise ich meine Liebe zu Gott? Indem ich die Arbeit, die mir aufgetragen ist, gut verrichte, indem ich einfach das tue, was Gott mir anvertraut hat, ganz gleich, wie das aussieht."

Und ich denke: Hühner! Wenn es wenigstens Löwen gewesen wären! Aber ich bin bereit zu glauben, dass auch diese kleinen Dinge wichtig sind. Und dass das, was ich höre, manchmal wichtiger ist als das, was ich tue. Dass ich höre, wie Gott mein Leben sieht und worauf es ihm ankommt. Wie viel hat er mir mit den Kindern anvertraut. Und wie wichtig ist es, dass sie morgens gut auf den Weg kommen, behütet und geliebt, und dass mittags einer da ist, wenn Hühnerpyramiden gemalt werden sollen. Ganz versöhnt gehe schließlich auch ich ins Bett.

# Ein Stein mit fünf weißen Linien

Justus Willemsen hatte mich eingeladen, ihn zu besuchen. „Wenn Sie mit dem Bus kommen, steigen Sie an der vorletzten Haltestelle aus. Das Pfarrhaus liegt hinter dem breiten, weißen Gartentor."

Neben dem Tor stand ein alter Kastanienbaum, dessen unterer Ast wie ein Torbogen über dem Eingang lag. Dahinter ein Weg mit hellen Kieselsteinen. Willemsen kam mir entgegen. Die Steine knirschten unter seinen Schuhen. Ich dachte: Einen Einbrecher würde man hören!

Wir begrüßten uns und gingen ins Haus, wo er den Abendbrottisch schon gedeckt hatte, sorgfältig und schön. Es gab Schwarzbrot, Salami, Käse, Butter und Quittengelee. Neben den großen braunen Teetassen lag ein Heft: „Tischgebete für die Familie, Gemeinde und Einzelne". Es waren Worte aus dem Alten und Neuen Testament. Und bevor wir miteinander redeten, nahm Willemsen das Buch und schlug die Seite für Freitagabend auf:

„Der Herr ist mein Hirte, nichts wird mir fehlen."

Wir sprachen es gemeinsam: „Nichts wird mir fehlen." Ich kenne diese Worte, aber wie anders ist es, wenn man sie gemeinsam spricht. Wenn man dies sagt, bevor all die anderen Worte kommen.

„Nichts wird mir fehlen."

Nichts? Fehlte Willemsen nicht vor allem die Gesundheit? Wie mühsam war sein Leben nach dem Unfall geworden. Jeder Handgriff schmerzte, alles dauerte länger. Oft musste er Menschen um Hilfe bitten. Es war gerade die rechte Hand, die den komplizierten Bruch hatte.

„Es geht schon besser", sagte er, „fünf Briefe beantworte ich jeden Tag, der Reihenfolge nach, wie sie kommen!"

Und was mich betraf? Es gab so vieles, was mir fehlte:

Mut und Zuversicht, Geduld, Vertrauen ... Ich wollte mit Willemsen darüber sprechen. Und nun dies Wort: „Nichts wird mir fehlen."

Es verschloss uns nicht den Mund, aber wir konnten nun wie auf einer anderen Ebene über das reden, was unser Leben mühsam oder schwierig machte. Wie wunderbar Gott gibt, bevor wir ihn bitten. Wie er mich ganz zuversichtlich das alte Gebet mitsprechen lässt: „Nichts wird mir fehlen."

Am nächsten Morgen gingen wir auf dem schmalen Feldweg gleich hinter dem Haus. Kuhweiden, tiefe Gräben zu beiden Seiten und immer wieder lange Reihen von Pappeln. Nicht weit die holländische Grenze.

Willemsen sagte: „Ich möchte Ihnen etwas erzählen ... Ich weiß nicht, was Sie dazu sagen werden: Vor einiger Zeit gab es für mich Tage, an denen ich sehr resigniert war, wo ich wirklich so etwas wie Resignation empfand. Ich habe bisher nicht gewusst, was das ist. Ich saß an meinem Schreibtisch und dachte: Ich hätte es nicht tun sollen! Ich hätte nicht hierher kommen sollen, um diese Gemeinde zu übernehmen. Ich schaffe es nicht. Ich saß da. Die Bibel lag vor mir auf dem Tisch. Und dann habe ich gebetet. Wirklich gebetet. Ich habe Gott gebeten, dass er mir ein Zeichen geben möchte, irgendein Zeichen. Und dann habe ich mit geschlossenen Augen die Bibel aufgeschlagen und den Finger auf eine Stelle gelegt. Etwas, was ich vorher nie getan habe und was man sicher nicht tun sollte. Und was meinen Sie, was ich aufgeschlagen habe? Mein Lieblingskapitel: Johannes 21. Es war das Wort Jesu: ‚Werft das Netz zur Rechten des Schiffes aus, so werdet ihr finden.' Zur Rechten?, dachte ich. Gerade meine rechte Hand ist doch so kraftlos und unbrauchbar geworden. Aber ‚Zur Rechten,' das ist ja die Seite des Herrn. Von daher, von ihm her, soll ich arbeiten. Von seiner Kraft her und auf sein Wort hin. Das hat mich so beflügelt ... verstehen Sie das?"

Als wir wieder vor der Haustür standen, sah ich zwischen den Kieseln auf dem Weg einen flachen grauen Stein liegen mit weißen Linien: fünf waren es. Wie Notenlinien, dachte ich und hob ihn auf. „Merkwürdig", sagte Willemsen, „dass ich den Stein nie gesehen habe, und ich gehe diesen Weg jeden Tag, viele Male. Nun ist es Ihr Stein ... ein Stein mit leeren Notenlinien. Aber vielleicht, wenn Sie genau hinhören, steht eine Melodie für Sie drauf!"

„Ja, ich glaube, ich weiß, wie mein Lied heißt." Ich dachte an unser Tischgebet. „Der Herr ist mein Hirte, mir wird nichts fehlen." Willemsen sah mich an und nickte. Wir gingen ins Haus, ich packte meine Tasche, und als ich wenig später in den Bus stieg, rief er mir nach: „Verlieren Sie den Stein nicht!"

## Das Geheimnis in der Küche

Da wir eine große Familie sind, haben wir in unserer kleinen Küche einen großen Mülleimer, der jeden Tag einmal voll ist. Ich sage also gelegentlich zu dem Kind, das gerade in meiner Nähe ist: „Würdest du bitte den Müll wegbringen?" (Zu der hundert Meter entfernten Müllbox.) Die Antwort kommt dann meist in leicht weinerlichem Ton: „Immer ich!" Deshalb greife ich nach dem Mülleimer: „Dann mache ich's eben selbst!" Schlechte Pädagogik und schlechte Laune. Wer kennt das nicht?

Heute kam mir eine ganz neue Idee. Ich vereinbarte mit meinem Mann: „Wer von den Kindern aus freien Stücken den Mülleimer leert, kriegt eine Mark."

Mein Mann lachte: „Wenn du zehn Mark sagst, ist das auch kein Risiko!“

Den beiden Töchtern (die Söhne waren im Sauerland und bei einem Fontane-Vortrag) sagte ich: „Ihr Lieben, in der Küche befindet sich ein Geheimnis! Es lohnt sich, das herauszufinden!“

Beide stürzten sich auf die Vorratsschränke: „Ist es süß?“

„Nein!“

„Sauer also!“

„Nein, es ist geschmacksneutral; genau genommen gar nicht essbar.“

Isi flüsterte mir ins Ohr: „Mammie, kriegst du ein Baby?“

„Nein, nein, das hätte doch nichts mit der Küche zu tun!“

„Also: Ist es flüssig oder fest?“

„Eher fest und ziemlich groß!“

„Ist es ein Küchengerät, das du gekauft hast?“

„Nein, wir haben es schon länger. Es ist nicht auf dem Tisch. Ihr könnt es beide sehen von da aus, wo ihr steht.“

Es blieben für das suchende Auge also nur etwa drei Quadratmeter Küchenfußboden, roter Klinker. Darauf hellbeige ein großer Mülleimer, daneben eine durchsichtige Plastiktüte, inzwischen mit Abfall gefüllt.

Susanne und Isabelle guckten in diese Richtung und behaupteten: „Wir sehen nichts!“

„Das ist es ja eben.“

„Also, wir geben auf!“

„Ich auch.“

„Jetzt essen wir Abendbrot“, fand Susanne, „und morgen sehen wir weiter.“

„Hoffentlich.“

Morgen, dachte ich, morgen werde ich ihnen das Märchen von Frau Holle, von der Goldmarie und Pechmarie vorlesen. Wo es darauf ankommt, dass man an dem Brot und den Äpfeln nicht vorbeigeht, sondern das Brot aus dem Ofen nimmt und die Äpfel erntet. Vielleicht kommen sie dadurch dem Geheimnis auf die Spur!

Inzwischen ist Johannes nach Hause gekommen. Der Fontane-Vortrag war verschoben worden, leider! Er aß zwei Rühreier, dann zwei Spiegeleier, und nachdem er so wieder zu Kräften gekommen war, sagte ich: „Du, Johannes, in der Küche befindet sich ein Geheimnis, das herauszufinden sich lohnt! Den Mädchen haben wir es schon gesagt!"

„Ein Geheimnis? In der Küche?" Johannes erhebt sich und sieht nach. „Nicht in den Schränken?"

„Nein."

„Aha, ich hab's! Ihr meint den Mülleimer! Der Müll muss weg, nicht? Lohnen würde es sich schon. Es sind ja inzwischen zwei Beutel neben dem Mülleimer ... Finde ich sehr witzig! Und? Was gibt's heute im Fernsehen? Was seht ihr?"

„Jacques Tati, Schützenfest – kennen wir von früher! Herrlich komisch, musst du sehen!"

Und damit schien das Geheimnis des Mülls, dem man schon so nahe gewesen war, für heute abgehakt. Johannes holte sich noch ein Eis und presste den leeren Pappbecher anschließend in den vollen Mülleimer.

Als ich am nächsten Morgen Frühstück mache, kommt Isabelle in die Küche: „Ist das Geheimnis noch immer auf dem Tisch?"

„Auf dem Tisch war es nie!"

„Auf dem Boden also!"

„Ja."

„Aber, bin ich denn blind? Auf dem Boden seh ich nur den Mülleimer, die Plastiktüten und eine leere Flasche."

„Ja."

„Ist es der Müll?"

„Nicht der Müll als solcher.“

„Also meinst du das Wegtragen des Mülleimers. Das ist es, was sich lohnt, nicht?“

„Ich sage nichts. Es ist ein Geheimnis, das man ausprobieren muss.“

„Also, ich bringe den Müll nachher weg. Jetzt habe ich keine Schuhe an.“

Wir frühstücken. Dann müssen die Kinder zur Schule. In der Tür dreht Isabelle sich noch einmal um: „Lass den Müll stehen, Mammie, ich mach das nachher, ja?“

„Gut. Habt einen schönen Tag! Ich wünsche dir eine gute Chemie-Arbeit, Susi!“

Gegen Mittag kann ich in der Küche nur noch bei geöffnetem Fenster arbeiten. Endlich kommt Isabelle nach Hause. Aber da der Ständer von ihrem Fahrrad abgebrochen ist, hat sie vorerst andere Sorgen. Doch später in der Küche erinnert sie sich: „Ach ja, der Müll! Das ist es doch, oder? Aber es ist so viel! Ich müsste zweimal gehen und dann noch zum Flaschencontainer! Na gut, es lohnt sich ja!“

„Ja, Isi, es hat sich gelohnt. Wir haben abgemacht: Wer von euch freiwillig den Müll wegbringt, kriegt eine Mark. Hier ist sie!“

Isi freut sich: „Ist das jetzt jedes Mal so?“

„Nein, das wäre etwas zu teuer! Aber ich denke mir drei Tage im Monat aus, an denen es für Müllwegbringen eine Mark gibt. Es ist wie im Lotto, ihr müsst eben die Glückstage treffen!“

Die Begeisterung der Kinder hält sich in Grenzen. Und ich bin gespannt, wie unser Mülleimerthema weitergeht, ob man schlechter Laune so nicht abhelfen kann.

PS: Einen Monat später. Ob diese Methode irgendetwas verbessert hat, fragen Sie? O Ja! Ich trage den Müll jetzt viel lieber weg, denn manchmal bekomme ich ja eine Mark dafür!

# Der schwierige Weg zum Erfolg

Als Autorin hat man es gut. Kommt ein neues Buch heraus, gibt es Einladungen zu Gesprächen, Vorträgen und Lesungen. Reisekosten und Quartier werden angeboten. Über ein Honorar lässt sich reden; es sei denkbar. Man freue sich auf den Abend.

Auch ich freue mich. Der Intercity gleitet fast geräuschlos aus dem Altonaer Bahnhof. Hannover, dann Göttingen. Göttingen ist keine besonders schöne Stadt, denke ich. Damals vor zwanzig Jahren war sie es jedenfalls nicht.

Dann wieder Felder und Knicks, noch fast winterlich, obwohl es Mitte April ist. Jetzt müsste Kassel kommen. Um 13.22 Uhr soll ich dort umsteigen, so habe ich es mir notiert, und dann in Richtung Gießen weiterfahren. Ich greife nach meiner Reisetasche und gehe zum Ausgang.

„Nicht öffnen, bevor der Zug hält!" Das hatte ich auch nicht vor. Nur hält der Zug leider nicht. Es steht auch außer mir keiner da, was mich skeptisch macht. Die Zeit – 13.22 Uhr – ist vorbei, aber von Kassel nichts zu sehen. Eine kleine Verspätung vielleicht! 13.40 Uhr. Aber weder verlangsamt der Zug sein Tempo, noch vermehren sich die Gleise, was ja auf die Nähe eines Bahnhofs schließen lässt. Immerhin kommen drei Gegenzüge. Ein gutes Zeichen, wie ich finde. Wir sind also noch auf der Hauptstrecke.

Wieder ein kleines Dorf, ein Kurort sogar, auch ein Bahnhof, aber nichts von Kassel. Auf der linken Seite jetzt ein bezaubernder Bach, fast ein kleiner Fluss mit Weiden und Erlen. Wenn unsere Kinder hier, an solch einem Bach, aufgewachsen wären und nicht in einer Reihenhaussiedlung in Hamburg, denke ich, sie wären ganz eng mit ihm verbunden. Micha wäre ohne Zweifel viele Male hineingefallen, hätte lehmige Schuhe und Hosen gehabt, aber dieser

Fluss wäre ihr Freund gewesen, den sie in jeder Jahreszeit gekannt hätten und zu dem sie später immer wieder zurückkehren würden ...

Immer noch nichts von Kassel. Merkwürdig! Aber schließlich gibt es im Zug Landkarten. Ich sehe mir die Strecke an: Kassel konnte gar nicht kommen, weder jetzt noch später! Dieser Zug fährt nach Frankfurt. Ich hätte in Göttingen – schön oder nicht – umsteigen müssen.

Der nächste Halt ist Fulda. Der Zug bremst. Ich steige aus, auf dem Bahnsteig vor mir ein Plakat: „Intercityfahren wird immer schöner!" Das mag für andere zutreffen. Aber mein Zug, der nächste nach Alsfeld, geht erst in 63 Minuten. Ich komme also zu spät zu meiner 16-Uhr-Veranstaltung. Der Buchhändler, den ich anrufe, versucht freundlich zu bleiben. Was kann man da machen?

Endlich dann, sehr zögernd, wie mir scheint, verlässt der Zug Fulda. Der letzte Bahnübergang vor Alsfeld: Wegen Reparatur verlangsamte Fahrt. Warten auf den Gegenzug. Alsfeld, zehn Zentimeter Schnee, 16.29 Uhr.

Herr Wetzel ist gekommen, um mich abzuholen. Er fährt mit leicht überhöhtem Tempo und hält vor der Buchhandlung, wo eine Lese- und Signierstunde vorgesehen ist. Herr Behrmann, der Buchhändler, nimmt mir Tasche und Jacke ab und fordert mich auf, es mir bequem zu machen.

„Wieso bequem?", denke ich. „Die Leute warten doch." Aber ich sage nichts. Nach einer Weile fragt er, ob ich mich frisch machen möchte.

„Ja, danke!"

Dann zeigt er mir die obere Etage der Buchhandlung, erklärt, wie praktisch bewegliche Stellwände seien, und bietet an, einen Kaffee zu machen. „Oder lieber Tee?"

„Nein, gern einen Kaffee."

Wir nehmen unsere Tassen und setzen uns an den niedrigen Tisch im Erdgeschoss gegenüber dem Eingang. Drei

Sessel stehen da, auf dem Tisch liegen meine Bücher, daneben ein Korb mit Karamellbonbons. Zwei Angestellte fragen, ob ich ihre Bücher signieren würde. „Gern, ich bin ja hier." Aber es ist immer noch eine halbe Stunde bis zum Ladenschluss. Die Kunden, die inzwischen gekommen sind, kaufen Kassetten, Konfirmationsgeschenke, nehmen sich einen Bonbon und gehen.

„Es ist wohl das Schneegestöber", sagt Herr Behrmann, „oder die Leute kommen morgen zu Ihrer anderen Veranstaltung. Der Termin war vielleicht ungünstig ... Wir haben uns bemüht ... aber leider ... Darf ich Sie zum Essen einladen?"

„Vielen Dank, aber ich bin ja mit Familie Görner verabredet, die das Treffen morgen organisiert."

„Möchten Sie sich vielleicht ein Buch aussuchen?"

„Gern."

Ich nehme Luise Rinser. „Im Dunkeln singen". Weil es gerade vor mir liegt, und irgendwie passt es zu meiner Stimmung. Dann kommt Frau Görner, um mich abzuholen, und Herr Behrmann und ich sind voneinander erlöst.

„Sind viele Leute gekommen?", fragt Frau Görner, als wir im Auto sitzen.

„Nein, das kann man nicht sagen, es ist – genau genommen – keiner gekommen."

„Ach, das tut mir Leid. Dann war alle Mühe umsonst, morgen wird es anders!"

Dass der nächste Tag ein großer „Erfolg" wurde, wage ich jetzt kaum noch zu sagen. Wer würde mir das schon glauben? Aber was mich irritierte: Warum war ich eigentlich so abhängig vom Erfolg und so traurig, wenn er ausblieb? „Im Dunkeln singen", das hieße doch: ganz gelassen mit dem zu leben, was Gott mir zugedacht hat – Glück und Gelingen oder Scheitern – und ihm zu glauben, dass er keinen Fehler macht. Ihn auch im Dunkeln zu preisen, weil Erfolg und Segen nicht dasselbe sind.

# Es geschieht viel, wenn ich nichts tue

Heute Morgen habe ich nichts getan, aber ich war dabei, als sich eine Mohnblüte öffnete. Sie stand vor mir auf dem hellen Holztisch. Jeden Augenblick dieses Wunders habe ich gesehen.

Noch sitzt die Hülle wie ein blassgrüner Hut auf der Spitze, noch hält sie die Blütenblätter zusammen, die sich immer mehr blähen – so wie ein roter Luftballon, den ein Kind aufbläst. Gleich wird die Blüte ihre Hülle absprengen. Aber lange geschieht nichts.

Ich möchte ein wenig nachhelfen. Aber ich weiß: Die Blüte hat Zeit, ihre Zeit. Nur mir fällt Geduld schwer. Könnte ich nicht inzwischen das Essen vorbereiten? Aufräumen? Die Post aus dem Kasten holen? Aber ich möchte diesen Moment nicht verpassen, ich möchte dabei sein, wenn die Blüte sich öffnet. Es ist schwer, nichts zu tun, nur zu warten. Wie übermütig ist das Rot dieser Blüte! Aber wie verletzbar ist sie! Ich wage nicht, sie anzufassen. „Wie wunderbar ist deine Schöpfung, Herr!"

Und ich habe Augen und kann sehen. Ich kann hören. So warte ich nun gespannt auf den winzigen Laut, wenn die Kelchblätter auf den Tisch fallen. Jetzt haben sie sich auch an der Spitze getrennt. Ihr Halt wird immer schwächer. Ob ich Licht einschalte? Das wäre wie Sonne. Blüten brauchen Sonne. Aber ich wollte ja nicht eingreifen.

Ein kleiner Ruck, ein Kelchblatt ist gefallen. Eine Hälfte der Blüte öffnet sich: langsam, zaghaft, als könne sie ihre Freiheit noch nicht fassen. Ich sehe die schwarzvioletten Staubgefäße – keiner vor mir hat sie gesehen – und die große Narbe des Fruchtknotens.

Nun fällt das zweite Blatt. Die Spannung in der Knospe wuchs und wurde zu groß. Wie zwei alte Kähne, schräg auf den Strand gezogen, so liegen die Kelchblätter vor mir auf dem Tisch; blass, gleichgültig und stumm, als hätten sie mit diesem Wunder von Blüte nichts zu tun – mit diesem Rot, das den ganzen Morgen füllt und wächst und größer wird. Faltig, zerknittert noch wie das Gesicht eines Neugeborenen. Die Sonne erst wird die Falten glätten. Sie wird die Blüte öffnen für Wind und Insekten und sie verführen, sich schutzlos preiszugeben, ein offenes Gesicht gegen den Himmel.

Ich nehme diese hellen, stacheligen Schalen in die Hand: Wie leicht sie sind, pelzig und borstig, abweisend fast. In der Nacht noch waren sie Schutz für die Blüte, die der Regen zerstört hätte.

Aber jetzt: Wertlos und welk, ohne Vorwurf liegen sie da. Schützen und Bewahren. Raum geben, wenn es Zeit ist: lautlos, farblos, unbeachtet. Und ich denke: Ob ich das auch kann? Ob ich die Kinder so loslassen kann, wenn sie ihre Wege gehen und meinen Schutz nicht mehr brauchen? Ob ich sie so klaglos ohne Anspruch und Besitzenwollen in ihr Leben entlassen kann? Ohne Traurigkeit und Angst? Und ob ich später so im Frieden sein kann, wenn am Ende keine Kraft zur Arbeit mehr da ist? Loslassen und mich fallen lassen – nicht in Leere und Vergehen – in die Hand dessen, der Sonne und Blume gemacht hat und der zu mir sagt: „Fürchte dich nicht! Ich habe dich in meine Hände gezeichnet. Du bist mein.“

Herr, ich bitte dich um solche Gelassenheit!

# Zum Glück kommt immer etwas dazwischen

„Über den Glauben lässt sich streiten", so hieß das Thema unserer Podiumsdiskussion. Eingeladen waren außer mir ein Atheist, eine Schauspielerin und ein Rundfunkjournalist. Ich wusste, dass man über den Glauben letztlich nicht streiten, aber doch reden kann.

„Seid bereit, Rechenschaft zu geben über die Hoffnung, die in euch ist" (1. Petrus 2,15). Was also wollte oder konnte ich von Gott sagen? Inwiefern war er Hoffnung für mich, für unsere Welt?

Herr Memming, der Atheist, hatte mir mehrfach milde lächelnd gesagt: „Ihr Gott ist doch eine Täuschung! Eine Krücke für Lahme! Ich brauche ihn nicht. Und selbst, wenn es ihn gäbe! Das macht doch keinen Unterschied! Aber Sie sind lahm, Sie können ohne Gott nicht gehen. Ich bin vielleicht blind, ich sehe nicht, was Sie sehen bzw. glauben."

Richtig, so war es. Aber es erschien mir so viel leichter, Gott zu bestreiten und aufgrund all des Elends unserer Welt zu sagen: „Es gibt ihn nicht, oder wenn es ihn gibt, dann hat er sich abgewandt", als zu sagen: „Gott existiert, er hält unsere Welt in seiner Hand."

Dass Gott nicht zu beweisen ist, wissen wir spätestens seit Kant. Aber wie ist er glaubwürdig zu bezeugen? Je länger ich dieses Thema vorbereitete, desto öfter überfiel mich der Gedanke: Und wenn Memming Recht hat und ich mich täusche? Wenn ich mich nur deshalb an Gott halte, weil ich Trost brauche? Weil ich tatsächlich allein nicht gehen kann? Ich merkte: Der Atheist sitzt nicht nur neben mir auf dem Podium, er ist auch in mir. Glauben gibt es nur in der Nachbarschaft des Zweifels. Glaube ist der immer wieder niedergeworfene Unglaube, die abgegebene Sorge und die überwundene Angst. Aber wie sollte ich von Gott reden ...?

Mitten in diese Vorbereitungen klingelte das Telefon. „Ich möchte dich besuchen“, sagte Marianne. „Morgen früh, 6.51 Uhr wäre ich in Altona. Passt es dir? Ich würde gern ein paar Tage bleiben!“

Sie brachte Wein mit, herrliche Pralinen und ein Buch. Weil sie von der Nachtfahrt müde wahr, legte sie sich noch eine Weile hin. Ich nahm das Buch und las. Da überlegte ein schwerkranker Mann kurz vor seiner Operation, was er anders machen würde, wenn er noch einmal eine Chance bekäme ... Ob er die Gewichte in seinem Leben richtig verteilt hatte ...

Ich dachte: Was würde ich denn anders machen?

Ich würde den Kindern, den jüngeren jedenfalls, jeden Abend am Bett gute Nacht sagen und mit ihnen beten, nicht nur manchmal, und mir immer so viel Zeit nehmen, wie sie brauchen; meine eigenen Dinge zweitrangig finden.

Ich würde mehr an meinen Mann denken als an mich selbst. Mehr hören als reden. Mehr auf das hören, was Gott mir in seinem Wort sagt. Vielleicht überhöre ich seit langem, was er mir sagen will.

Ich würde weniger arbeiten, mehr singen und lachen; und großzügiger sein mit den Eigenarten anderer, weniger kritisieren und mehr lieben.

Und weil ich weiß, wie bedroht und gefährdet mein Leben ist, würde ich jeden Tag mit Luthers Morgensegen beten: „Dein heiliger Engel sei mit mir, dass der böse Feind keine Macht an mir finde.“

Aber warum „würde“? Wie es scheint, darf ich ja noch leben – eine kleine oder große Weile. Ich kann dieses Gebet doch auch jetzt sagen, mitten in der Vorbereitung und

Sorge um diese Veranstaltung. Dass „Gottes Engel mit mir" ist, das ist ja der große Unterschied. „Selbst wenn Gott da wäre, würde das nichts ändern", sagte Memming. Aber es ändert alles! Und Gebet nötig haben, ist das nicht Gnade? Ich muss mein Leben nicht mit eigener Kraft schaffen. Das, was ich kann und weiß, bezweifle oder befürchte, ist nicht alles, was es gibt. Gott ist da! Er kennt mich und sieht mich. Und mein Glück liegt darin, ihn dafür zu loben. „Herr, wer ist wie du?" Und immer, wenn ich „Du, Gott ..." sage, dann ist der kleine Kreis meiner Möglichkeiten gesprengt, und alles ist offen für Gottes Wirken und Wunder. Mein Glück hängt an diesem „Du".

Marianne kommt die Treppe herunter und sieht mich am Schreibtisch sitzen: „Bist du sicher, dass ich dich mit meinem Besuch nicht störe?"

„Ganz sicher. Du hast mich gerade an der richtigen Stelle unterbrochen. Komm, wir machen uns einen Kaffee und setzen uns in den Garten! Was wäre das Leben ohne Unterbrechungen?"

Wie wunderbar, dass Gott mich immer wieder in meinem Unglauben stört.

# Die Fest-Folge

Ich gebe zu, dass mein Menü-Angebot während der Woche eher dürftig ist. Auf gewöhnliche Mahlzeiten verwende ich nicht viel Zeit.

Anders ist es, wenn Gäste kommen. Dann gibt es guten Wein, und ich koche irgendetwas Exotisches. So auch gestern Abend, als wir die Ehrenbergs eingeladen hatten.

Es sollte ein chinesisches Steamboat geben mit allen Raffinessen! Die Einkaufsliste war lang, aber nicht hier lag das Problem. Es war eher technischer – oder genauer: pyrotechnischer – Art.

Das Steamboat, ein kleines chinesisches Tischkochgerät, wird mit Holzkohlen aufgefüllt, deren Glut die Bouillon im oberen Teil zum Kochen bringt. Rohes Fleisch, Krabben und Gemüse werden darin gegart und gleich am Tisch verzehrt. So der Idealfall!

Die Wirklichkeit sah bei uns etwas anders aus. Die Brühe wurde zwar heiß, kochte sogar, aber sie kochte nicht weiter, sobald wir das kalte Fleisch und Gemüse hineinlegten. Offenbar benutzten die Chinesen andere Kohlen als wir; solche, die mehr Hitze entwickelten.

Da wir nicht zu den Menschen gehören, die schon bei kleinen Schwierigkeiten aufgeben, gingen wir in eine Kohlenhandlung, um hitzeintensivere Kohlen zu kaufen.

Die Chefin bediente uns persönlich. „Ich weiß zwar nicht, was das ist, wovon Sie reden", sagte Frau Hammer, „aber dann nehmen Sie doch Eierkohlen, wenn Briketts zu groß sind."

Die ganze Tüte kostete zwei Mark. Wie einfach waren Fehlschläge zu vermeiden!

Um sofort größtmögliche Hitze zu erreichen, glühten wir die Eierkohlen im Kachelofen vor und füllten sie dann in den Innenraum des Steamboats. Zum Schluss kamen noch ein paar schwarze Kohlen obendrauf. Wegen der besseren Sauerstoffzufuhr stellten wir das Ganze auf die Terrasse. Dort tat das Steamboat, was sein Name sagt: Es dampfte! Aber leider qualmte es auch. Die Rauchschwaden füllten Haus und Garten.

„Darum nimmt man beim Grillen also Holzkohle", sagte Micha. „Damit es nicht so stinkt."

„Micha!", beruhigten wir ihn, „das ist gleich vorbei, sowie es durchgebrannt ist!"

Aber die Kohlen brannten nicht durch. Sie waren auch zehn Minuten vor acht noch schwarz, wobei die Brühe langsam abkühlte.

„Hole doch schnell Holzkohlen von der Tankstelle!", bat ich meinen Mann. „Das hier hält ja keiner aus!"

„Na gut, wenn du meinst!"

Die Ehrenbergs kamen pünktlich – zwei Minuten nach acht. Ich versuchte, sie vom Thema „Essen" abzulenken, und zeigte ihnen den Garten und die Veranda. Ein taktischer Fehler, wie sich gleich herausstellte. Denn sofort entdeckte Frau Ehrenberg das leicht qualmende Aluminiumgefäß auf der Terrasse.

„Ach, was ist denn das? Kochen sich die Kinder hier draußen was?"

„Nein, nein ... Das ist etwas Chinesisches, da wird noch was dran geändert ... Wollen wir nicht hineingehen und einen Sherry trinken?"

„Ja, gern!"

Mein Mann hatte sich beeilt und kam bereits zurück. Weil er von der Haustür aus niemanden sah, rief er: „So, wir kriegen alles noch hin, liebe Frau! Nicht nervös werden! ... Bis die Ehrenbergs kommen ... Ach, guten Abend, Frau Ehrenberg, wie schön, Sie bei uns zu begrüßen! Herr Ehrenberg, haben Sie den Weg gefunden?"

Ehrenbergs gaben sich geduldig-liebenswürdig und ignorierten unsere merkwürdige Beschäftigung mit verschiedenen Kohlearten.

„Dein Arbeitszimmer!“, flüsterte ich meinem Mann ins Ohr. Er griff die rettende Idee sofort auf und führte unsere Gäste ins Kellergeschoss. Das gab Micha und mir die Chance, die inzwischen vorgeglühten Grillkohlen gegen die Eierkohlen im Steamboat auszutauschen. Wir stellten das Ganze auf ein dickes Holzbrett in die Mitte des Tisches.

Wie gemütlich sah es aus, und wie schön war es, sich nun in aller Ruhe sein Essen am Tisch selbst zu kochen. Und wie einfach! Andere Hausfrauen standen stundenlang in der Küche: Vorsuppe, Braten, Soße, Gemüse, Nachtisch ...

Die Ehrenbergs wurden an den Tisch gebeten. Auch Isabelle und Micha nahmen – etwas beklommen – Platz.

Die Brühe, frisch eingefüllt und heiß, kochte tatsächlich, aber sie hörte wie immer damit auf, sobald der vierte Korb mit Zutaten hineingelegt wurde. Wir unterhielten uns, reichten Salat und geröstetes Brot, Wein wurde eingeschenkt – alles, um Zeit zu gewinnen, um der Brühe Zeit zu geben. Irgendwann musste sie ja kochen.

Herr Ehrenberg, der deutlicher als seine Frau das Dilemma erkannte, ließ so nebenher mit einfließen: „Also wir, wenn wir draußen grillen und es brennt nicht richtig, wir holen immer den Föhn. Der Föhn bringt es dann in Gang.“

Micha war bereits oben im Bad und kam mit dem Föhn zurück. Für Experimente, die mit Feuer zu tun haben, war er sofort zu begeistern. Und – tatsächlich – es wirkte. Ein feiner Funkenregen stieg aus der Öffnung in der Mitte hoch und senkte sich als Ruß auf das weiße Tischtuch herab. Unwichtig! Der Brennvorgang war entscheidend, und er wurde so beschleunigt, dass wir Kohle nachlegen mussten. Micha schaltete den Föhn eine Weile aus – was die Unterhaltung bei Tisch sehr erleichterte – und holte mit einer Zange eine glühende Kohle zum Nachlegen. Er balancierte sie über den Teppich in die Veranda, wo wir aßen.

„Halte doch vielleicht etwas darunter!", sagte ich vorsichtig.

„Ach Mammie! Ich pass schon auf, da passiert nichts!"

Es ist ja auch unangebracht, Kindern vor Gästen Verhaltensmaßregeln zu geben.

„So, noch eine Kohle, und dann ist es richtig voll! Das wird 'ne Hitze!"

Aber diese letzte Kohle war schon etwas weiter durchgebrannt, sie hielt dem Druck der Zange nicht stand und zerplatzte in viele kleine Stücke – genau über dem Teppich. Ich sah es nicht gleich, aber ich roch verbrannte Wolle. Micha hatte zwar sofort nach einem Handfeger gegriffen, aber trockene Wolle brennt schnell: Die Glut hatte ein Loch in den Teppich gefressen. Klein, schwarz, rund und unübersehbar.

„Jetzt riecht es so anders!", sagte Frau Ehrenberg, die etwas um die Ecke saß. Aber wir winkten ab: „Nichts passiert! Halb so schlimm!"

Wir aßen weiter, das Fleisch wurde gar, aber es schmeckte mir nicht mehr. Der schöne Teppich! Vor zwei Wochen hatten wir ihn gekauft und lange überlegt, ob es nicht ein zu großer Luxus wäre.

„Ach wissen Sie", sagte der Verkäufer, „den haben Sie doch, solange Sie leben! Ein so schönes Stück, der bleibt so, damit passiert nichts!"

Er kannte unsere Familie nicht und ihren Hang zu exotischen Gerichten. Eine heiße Pellkartoffel hätte dem Teppich nichts geschadet, sicher nicht!

Inzwischen habe ich mein seelisches Gleichgewicht wiedergefunden und denke, ich sollte meiner Liebe zu unbeschädigten, vollkommenen Dingen den Abschied geben: Warum darf ein Teppich nicht ein Loch haben? Und warum darf es vor Gästen nicht mal eine Pleite geben?

## Ein Abschied wie immer

Renate, ihre Tochter, war bei ihr, als wir sie am Sonntagnachmittag im Krankenhaus besuchten.

Seit Katharina Berger wusste, dass sie Krebs hat – und das war nun seit acht Monaten –, gab es gute und qualvolle Tage. Am Anfang der Woche aber waren die Schmerzen so stark geworden, dass sie nicht mehr zu Hause bleiben konnte. Ich erinnere mich noch an ihre Worte, als damals bei einer kleineren Operation ihre Krankheit entdeckt worden war. Von ihrem Zimmer aus hatte sie einen weiten Blick über die Felder, die Sonne war gerade untergegangen. Sie nahm eine schon geöffnete Flasche Wein von ihrem Nachttisch, schenkte uns ein wenig ein und sagte: „Es ist ein so schöner Abend. Lasst uns ein bisschen feiern!“

Als wir auf „Gute Besserung!“ anstießen, zitierte sie aus dem alten Lied „In allen meinen Taten …“: „Ich nehm es wie er's gibet, was ihm von mir beliebet, dasselbe hab auch ich erkiest.“

Später dann kamen Zeiten, wo sie ganz erschöpft war vom Kampf gegen die Krankheit.

„Warum, Herr? Lass mich doch sterben. Ich kann nicht mehr.“

Aber nach einer guten Nacht gab es auch Tage, die sie ganz „normal“ verlebte, so wie jeder andere. Sie plante, ein neues Rosenbeet anzulegen, und ließ sich dafür Kataloge aus Pinneberg kommen.

Es wurde ausgewählt, telefoniert, beraten, bestellt. Oft habe ich die neuen Züchtungen mit ihr angesehen, die sie faszinierten. Sie sorgte dafür, dass die ausgegrabenen Maiglöckchen im Schatten gelagert wurden, damit ich sie später unter meine Büsche pflanzen konnte.

Sie ließ sich zehn Kilo Gelierzucker bringen, um im Herbst ihre Brombeeren einzukochen. Es könnte ja sein, dass es dann, wenn man diesen Zucker brauchte, gerade keinen gäbe!

Die Schlösser an ihrem Schrank mussten repariert werden. Sie hasste es, wenn etwas nicht funktionierte. Im Übrigen gab sie den zwei persischen Studenten Deutschunterricht, wie immer. Unterrichten war ihr Leben, und daran hatte sie als ehemalige Schulleiterin eines Hamburger Gymnasiums immer noch Spaß, auch jetzt noch mit fast achtzig Jahren.

„Eigentlich“, sagte sie, „ist es mit mir gar nicht viel anders als mit euch. Ich weiß, dass ich sterbe. Aber das wisst ihr doch auch! Und wann es sein wird, weiß keiner von uns. Es könnte sogar sein, dass ich länger lebe als manche meiner Besucher. Ich lebe also ganz normal, von Tag zu Tag. Anders geht es nicht. Ach, weißt du, ich lebe so gern. Es gibt so viel, was ich tun möchte. Aber ich habe keine Kraft mehr – das quält mich! Tausend Ideen! Aber meine Arme und Beine wollen nicht mehr … So, genug, lass uns von etwas anderem reden. Wie geht es Susanne in der Schule? Was macht die Mathematik? Und dein Mann? Arbeitet er immer noch so viel?“

Frau Berger war jetzt ganz auf ihr Gegenüber konzentriert, ganz zugewandt. Nicht aus Neugier, sondern um mitzudenken, mitzubeten, um zu helfen, wenn möglich.

Und an diesem Sonntagnachmittag war es nicht anders.

Sie lag da mit geschlossenen Augen. Renate beugte sich über sie und flüsterte: „Mutter, du kriegst Besuch! Guck mal, wer gekommen ist!“

Sie drehte sich von der Seite auf den Rücken. Ihr rechtes Auge blieb geschlossen, dann fiel sie in die Seitenlage zurück. Sie blinzelte, streckte uns ihre Hand entgegen. Wir hielten sie vorsichtig und fragten: „Wie geht es dir? Hast du Schmerzen?“

„Es geht.“

Sie wachte ein wenig mehr auf, lächelte, begann zu sprechen; langsam und mühsam, aber ganz klar. Renate wollte uns eine Weile mit ihr allein lassen, aber sie sagte: „Bleib hier! Geh nicht weg! Bleibt alle hier.“ Und nach einer Pause: „Was macht ihr denn so? Wie weit ist der Anbau? Sind die Fenster schon drin? Hast du Fotos mitgebracht?“

„Ich habe sie vergessen.“

„Hm, schade.“

„Zeigt mal eure Hände! Ist das Farbe? Ölfarbe?“

„Ja, wir haben gerade den Windfang gestrichen.“

„Dann seid ihr ja bald fertig. Ich möchte es so gern sehen. Wenn es mir besser geht, komme ich. Wisst ihr, was der Arzt mir gestern gesagt hat? Weil ich von meinem Garten erzählt habe, hat er gesagt: ‚An Ihrem Garten werden Sie noch viele Jahre Freude haben!‘ Ist das nicht nett?“

Als wir auf die bevorstehende Operation zu sprechen kamen, meinte sie: „Das wird heute Abend oder morgen früh entschieden … Wer weiß, wie es weitergeht. Die Wand zwischen Leben und Tod ist so dünn.“

Ihr mühsames Lächeln, als wir gingen, wie sie den Kopf zur Tür drehte, den einen Arm mit dem anderen abstützte, um zu winken – ich werde es nicht vergessen! Das Lächeln und die Zuwendung waren das Letzte.

Sie hat an diesem Abend noch drei ihrer Freunde gesehen: ihre Nachbarin, ihren Pastor und ihre Ärztin. Von allen hat sie sich verabschiedet, wie immer.

Am nächsten Morgen – die Schwestern waren kurz aus dem Zimmer gegangen – ist sie ganz leise, fast unbemerkt eingeschlafen. So wie einer eine Tür leise zumacht, wenn er aus dem Haus geht. Sie wollte kein Aufheben um ihre Person, auch jetzt nicht.

## An hellen und dunklen Tagen

Ganz in der Nähe unseres Ferienhauses gab es ein unbestelltes Feld; einen alten Weinberg, den man umgepflügt hatte. Die Weinstöcke waren liegen geblieben – überwuchert von Gras und Kräutern, Brombeeren und wilden Blumen. Was mir in dem Braun und Ocker dieser Wildnis auffiel, waren kleine, fast weiße Sterne. Die trockenen Kelche der Flockenblume, von der Augustsonne ausgeblichen. Ganz offen, fast überdehnt, standen sie da, blank und leuchtend. Sie waren wunderschön. Am Ende der Ferien würde ich solch einen Trockenstrauß mit nach Hamburg nehmen.

Der nächste Tag war grau. Tiefe, schwere Wolken zogen über unseren Hügel. Als ich am alten Weinfeld vorbeikam, sah ich keine einzige Flockenblume mehr. Aber niemand hatte hier gemäht! Ich ging näher heran: Die ausgedorrten Kelche hatten sich bei dem dunklen Wetter wieder geschlossen und fielen nun in ihrer Umgebung gar nicht mehr auf. Wie kleine runde Töpfchen sahen sie aus, mit einer Öffnung, gerade so groß, dass mein kleiner Finger hineinpasste. Mich hat das sehr berührt: Diese abgestorbenen, starren Blumen können sich – je nach Helligkeit – öffnen und schließen. Ich konnte es kaum glauben, aber es wiederholte sich in den folgenden Tagen.

In meinem Strauß, den ich dann später pflückte, blieben sie, wie sie waren, und veränderten sich bei wechselndem Licht nicht mehr. Ihre Verbindung zur Wurzel war unterbrochen. Als ich damals an diesem Feld voll von Unkraut und Flockenblumen vorbeigegangen bin, habe ich mir etwas gewünscht:

Ich möchte, auch wenn ich einmal ganz alt bin, die Verbindung zu meiner Lebenswurzel, zu meinem Schöpfer, nicht verlieren, damit auch ich mich immer wieder für seine Freundlichkeit öffnen kann und schließen, wenn Wind und Regen kommen. Ich möchte nicht starr und unbeweglich werden.

# Die Steineichen

Auf dem Weg zur Ardèche besuchten wir eine Tropfsteinhöhle, weil ein riesiges Plakat in bunten Farben einen Höhlenzoo ankündigte. Tiere interessieren uns.

Dieser „Zoo cavernical" bestand allerdings nur aus fünf – oder sagen wir sechs – Aquarienbehältern, in denen jeweils ein Fisch, eine Krabbe oder Echse bleich und blind vor sich hinvegetierten. Dass dieser Fisch noch Füße hatte (so etwas gibt es nur noch in Afrika), war einzigartig, das Alter dieser Tierarten beeindruckend, aber ihre schleichende Existenz im Dunkeln – nur für Touristen wird kurz Licht eingeschaltet – war doch eher deprimierend.

Im Vergleich dazu wirkte das weiße Skelett eines Hirsches, der einmal versehentlich durch ein Loch in diese Höhle gefallen war, geradezu aufmunternd. Seine stolze Haltung, das prächtige Geweih zeigten noch im Tod mehr Lebensfreude als alle Fische und Echsen zusammen. Leben auf Sparflamme: Weil es in den Höhlen nur wenig Nahrung gab, haben sie sich seit Urzeiten – um Energie zu sparen – nur langsam bewegt und nur im Notfall.

Wir bedankten uns bei dem Lichteinschaltenden Zoowärter und gingen weiter durch die verschiedenen Kammern, hindurch zwischen Stalagmiten (so heißen die stehenden Tropfsteingebilde, erinnerte sich Micha) und Stalaktiten, die uns in ganz unterschiedlichen Farben nass und bizarr umgaben.

Überall hingen lange schwarze Fasern von den Deckengewölben. Waren es Moose?

Ich fragte unsere Höhlenexpertin. Es seien die Wurzeln der chênes verts, der grünen Eichen. „Steineichen" heißen sie bei uns. In dieser Gegend würden sie nur bis zu drei Metern hoch, aber ihre Wurzeln senkten sie manchmal bis zu zwanzig Metern tief in die Höhlen, um so den Wasserbedarf der Bäume zu decken. Die Luftfeuchtigkeit hier unten reiche aus, um einen Baum über die lange Trockenzeit zu bringen.

Diese Krüppeleichen haben noch eine andere, ganz erstaunliche Eigenart: Sie brennen schwer. Wo sie wachsen, gibt es kaum Waldbrände.

Dieser kleine Baum, dessen Blätter gar nicht wie Eichenblätter aussehen, hat mich immer wieder fasziniert. Welch ein Überlebenswille! Seine Wurzeln dringen durch harten Boden, durch feinste Steinritzen immer weiter in die Tiefe, bis sie Wasser finden. Und wenn sie auf einen Hohlraum stoßen, bilden sie faserige Verästelungen, um möglichst viel Luftfeuchtigkeit aufzusaugen. Fein wie Filigran.

Ich hätte gern ein Stück dieser schwarzen Gebilde mitgenommen und es als Lesezeichen in meine Bibel gelegt, damit es mich daran erinnert, unverdrossen nach dem zu suchen, was mich am Leben erhält. Aber die Höhlenführerin hatte einen Blick für potenzielle Räuber und Diebe. Sie ließ mich keinen Moment aus den Augen.

## Die Lerchen

Erhart Kästner, der Schriftsteller, schildert einen Morgen auf der griechischen Insel Delos, wo im allerersten Licht die Lerchen aufsteigen und singen. Ihr Lied, sagt er, reißt wie ein „Schneidbrenner" die „Eisenschwärze des Himmels auf", und „die schwarzen Kalotten sinken zu beiden Seiten herab".

Und dann kommt der schöne Satz: „Sie (die Lerchen) übten die uralte Übung, sich durch Lied am Leben zu halten. Durch Loblied." Es scheint wirklich so, als würde ihnen das Lied helfen, senkrecht emporzusteigen.

Aber: Lerchen? Wir leben ja nicht auf einer griechischen Insel – schön wär's! –, sondern in einer großen, lauten, hektische Stadt. Im Dunkeln zur Arbeit, im Dunkeln nach Hause. Und der Himmel? Abgase und Smog!

Aber vielleicht gab es auf dem Weg zum Auto oder zur S-Bahn die noch zaghafte Stimme einer Meise. Vögel spüren das Frühjahr eher als wir. Sie singen, auch wenn es noch dunkel ist.

Uns fällt das schwer. Vielleicht „ziehen" wir uns Musik durch den Walkman „rein" – und das ist dann unsere Insel für Minuten, ehe die Arbeit anfängt.

Aber selber singen? Was sollen die anderen denken? Singen, das tun doch eigentlich nur noch Betrunkene – oder Kinder!

Ich erschrecke manchmal, wie selten ich singe. Bei der Hausarbeit ginge es eigentlich gut. Ich glaube nämlich, dass Erhart Kästner Recht hat, wenn er sagt: Die Lerchen „üben die uralte Übung, sich durch Lied am Leben zu halten. Durch Loblied."

Was verschließt mir eigentlich den Mund? Die Hektik? Angst und Kummer? Früher haben Menschen – auch wenn sie traurig waren – gesungen. Sie haben die Traurigkeit aus sich herausgesungen. Das ist besser, als sie mit Tabletten hinunterzuschlucken. Ein altes Lied, das sie sangen und das ich besonders gern mag, heißt:

Auf meinen lieben Gott
trau ich in Angst und Not,
der kann mich allzeit retten
aus Trübsal, Angst und Nöten.
Mein Unglück kann er wenden,
steht all's in seinen Händen.

# Die schwarze Ameise

„Eine schwarze Ameise auf schwarzem Stein in dunkler Nacht – Gott sieht sie."

So lautet ein arabisches Sprichwort. Und ich denke: Ein müder Mensch morgens um sieben auf dem Weg zur Arbeit, in seinem grauen Auto auf grauem Asphalt unter grauem Himmel – Gott sieht ihn.

Was bedeutet das: Gott sieht ihn? Mir bedeutet es viel. Sozusagen alles. Es heißt: Ich bin nicht willkürlich einem blinden Geschick ausgeliefert. So klein und unbedeutend ich bin: Es ist nicht egal, was ich heute sage oder tue. Was ich denke. Ob ich mich plage oder freue.

Der Schöpfer, der mich gemacht hat, sieht mich. Ihm entgeht keine Träne. Ein altes Gebet sagt: „Du sammelst meine Tränen in deinen Krug. Ohne Zweifel, du zählst sie" (Psalm 56).

So wichtig und wertvoll sind wir für Gott. Doch sollte er Tränen nicht lieber abwenden als zählen? Wenn er helfen kann, warum tut er es nicht?

Ich weiß es nicht. Das wird hier auf Erden wohl kein Mensch ergründen. Wir stehen ja nicht über Gott oder hinter ihm, dass wir ihm in die Karten sehen könnten. Leid und Schmerzen, Tränen werden bleiben, solange wir leben. Aber es ist ein Unterschied, ob ich damit allein bin oder ob ich sagen kann: „Du, Herr, siehst mich. Du weißt von mir. Du hilfst mir an guten und bösen Tagen. Ich danke dir."

# Viel Glück, mein Schatz!

Wenn das erste Kind auszieht, ist es eine Katastrophe. Warum zieht Johannes aus? Er hat doch alles, was er braucht! Was haben wir falsch gemacht, dass er sich bei uns nicht mehr wohl fühlt? Nichts! Und er hatte wirklich alles, nur das Wichtigste nicht: Freiheit!

Freien Raum um sein Leben herum. Ein Frühstück ohne das fürsorglich-vorwurfsvolle: „Du siehst blass aus ... War es wieder spät gestern Abend? Hast du den letzten Bus noch gekriegt?“

Wie soll eine Mutter denn nicht fragen? Sich plötzlich nicht mehr sorgen, wenn sich vor ihren Augen die strahlende Gesundheit ihres Kindes blass und schattenhaft verändert? Es ist doch nicht zu ertragen!

Darum muss das Kind ausziehen, ihr aus den Augen kommen. Und – o Wunder! – aus den Augen, aus dem Sinn! Nicht ganz! Aber doch so viel, dass sie den gelegentlichen Telefonauskünften: „Wie geht es dir?“ – „Danke, ausgezeichnet!“ bereitwillig glaubt und sich mit dem Päckchenschicken (selbst gebackenes Brot, Müsli und ein paar Mark für den Luxus) zufrieden gibt. Dieser Friede breitet sich aus und tut allen gut.

Ganz anders ist es, wenn etwas später die Tochter ausziehen will. Wieso denn das? Sie hat doch alle Freiheit! Die Eltern haben ja längst gelernt, nicht mehr nachzufragen, was die abendlich-nächtlichen Eskapaden angeht. Aber auch besorgte Blicke können töten oder jedenfalls die Freiheit ersticken. Und noch schlimmer: Die Zumutung, dass, wer im Haus lebt, auch Waschbecken putzt – zu einer Zeit, wo phantastische Wochenendträume gerade hätten Wirklichkeit werden können.

„Nein!“, stellte Susanne fest. „Es geht nicht mehr! Das

merkt ihr doch selbst! Ich habe neun Monate allein in Texas gelebt, und nun soll ich mich nach den Zeitplänen einer Familie richten. Wenn ich gestresst von der Arbeit komme, will ich erst mal abschalten und nicht freundlich das von den Geschwistern stehen gelassene Geschirr wegräumen … Ich brauche Zeit und Platz für mich! Das ist doch begreiflich. Oder? Dabei ginge es ja nur um einen Zuschuss, den ihr mir zahlen müsstet!“

„Wir sollen uns einschränken, damit du dich wohler fühlst? Nein!“

„Ich kann es nicht mehr ertragen!“

Betroffenheit, Schweigen, Tränen, Enttäuschung, Erschöpfung und ein tiefer Schlaf. Am anderen Morgen sagen die Eltern: „Also gut! Es muss wohl sein. Dann such dir eine Wohnung.“

„Ich kaufe sofort die Avis. Heute ist Freitag … steht bestimmt was drin.“

In der Zeitung gab es nur Tauschangebote: rechtes Alsterufer gegen linkes Alsterufer – aber wir wohnen am Stadtrand! Oder: Traum-Suiten zu Traumpreisen.

Wir dachten: Na, also! Die Marktlage regelt das alles! Es wird sich hinziehen, bis ihre Ausbildung zu Ende ist – so wie wir es uns dachten. Ist ja auch am besten so!

Am Sonntag gingen wir zur Kirche. Von den Kindern kam diesmal keines mit. Wir setzten uns neben Susannes Patentante. Im Gottesdienst herrschte die Nach-Weihnachts-Flaute, schlechter Besuch. Ein paar Reihen vor uns ein Mann, der durch seine Unruhe auffiel. Er drehte sich zur Seite, nach hinten … stand auf, knöpfte seinen Mantel auf und zu und begann dann, metallische Gegenstände von einer knisternden Plastiktüte in die andere zu packen. Wir sangen bereits das Lied: „Allein Gott in der Höh sei Ehr und Dank für seine Gnade …“, da richtete er sich plötzlich auf, saß ganz gerade in der Bank und sang laut und vernehmlich: „… ein Wohlgefall'n Gott an uns hat …" Nur diese eine Zeile sang er, dann wandte er sich wieder seinen Tüten zu und den Dingen, die er wohl vorher auf dem Fischmarkt gekauft hatte.

Ich dachte: Wenn auch wir nur diese eine Zeile so klar und deutlich singen würden: „Ein Wohlgefall'n Gott an uns hat …", wäre das nicht genug? Genug, um Gott zu loben – dafür, dass er uns liebt? Uns, die wir uns plagen mit Problemen und Konflikten und der Angst, alles falsch gemacht zu haben?

So ganz nebenher sagte ich – während des Orgelnachspiels – zu Susis Patentante: „Weißt du nicht eine Wohnung für Susanne? Sie will ausziehn, möglichst sofort!"

„Ja", sagte sie, „bei uns im Pastorat wird gerade eine frei … nächste Woche … Kann sie haben!"

„Ein Wohlgefall'n …" hat Gott offenbar auch an aufmüpfigen Töchtern, die es mit ihren Eltern so schwer haben.

Überwältigt von solch einem Glück, das senkrecht vom Himmel mitten in eine Kirche gefallen war, tat ich von der Minute an alles, was Susanne beim Aus- und Einzug helfen konnte. Ich schleppte leere Kartons zum Packen heran, organisierte Bettlaken, Teekannen, Matratzen und abmontierte Lampen aus der Verwandtschaft … Und ich freue mich nun auf die Einweihungsfeier, für die bereits siebenundzwanzig Personen zugesagt haben! Mitfreude ist die schönste Freude und verwandelt Katastrophen in rauschende Feste!

# Milton kommt

Isabelle öffnet die Kühlschranktür: „Wieso haben wir Lachs und Schinken? Kriegen wir Besuch?“

„Ja, Milton kommt.“

„Milton?“

„Du kennst ihn nicht … Ein alter Professor aus der Schweiz. Ich habe früher mal bei ihm studiert. Als ich mein Stipendium hatte, weißt du? Er kommt für zwei Gastvorlesungen nach Hamburg und wohnt bei uns.“

„Aha!“

„Es war ganz toll damals …“

„Ja, ich sehe. Wein habt ihr auch gekauft! Und weshalb hast du Johannes’ Zimmer aufgeräumt? Kommt mein großer Bruder zu Besuch?“

„Nein, ich sagte doch, Milton kommt.“

„Er soll da schlafen? Er könnte doch ins Gästezimmer gehen für die eine Nacht!“

„Schon, aber das wäre eine Treppe höher.“

„Na, wenn er aus der Schweiz bis nach Hamburg kommt, wird der die eine Treppe ja auch noch schaffen, oder?“

„Klar, aber hier hat er noch den Balkon.“

„Meinst du, da geht er nachts spazieren? … Jetzt im Februar?“

„Lass es gut sein, Isi!“

Seit Tagen gehe ich durchs Haus und sehe Dinge mit Miltons Augen: Was könnte ihn stören? Was würde ihm gefallen?

Ich sehe, was meine Augen sonst nie wahrnehmen: Spinnweben in den Ecken, matt-staubige Fensterscheiben, verwelkte Blumen, zwei lose Fliesen an der Fußleiste … Wo ist der Fliesenkleber? Die Lampe im Flur brennt nicht! Neue Glühbirne! Sie brennt trotzdem nicht. Ein Defekt in der Leitung? Micha muss das nachsehen! Beim Duschvorhang ist eine Öse ausgerissen. Was soll er denn von uns denken? Ich putze lieber gleich das ganze Bad mit Essigreiniger. Aber jetzt riecht es bei uns so sauer, als wären wir hauptberuflich mit der Herstellung von Gewürzgurken beschäftigt.

Die Lebensmitteleinkäufe sind längst erledigt, eine Obstschale steht in „seinem" Zimmer. Leider fangen die Birnen bereits an zu faulen, und zwei der Mandarinen haben weiche Stellen. Müssen ausgetauscht werden!

Die Sahne für die Himbeertorte ist ja im Kühlschrank.

„Susanne? Wieso ist die Sahne angebrochen?"

„Ich hab ein bisschen für die Soße genommen! Was ist daran so schlimm?"

„Die Sahne war für …"

„Für Milton?"

„Ja, für die Torte!"

„Woher weißt du, ob Milton Sahne isst? Vielleicht hat er was mit der Galle oder Cholesterinprobleme! Und Lachs mitten in der Woche! Er kriegt noch Magengeschwüre von all deinen Delikatessen. Hast du Magerquark im Haus? Nein? Schlechte Planung! Seit Tagen räumst du auf, ordnest … Vielleicht sieht er gar nicht mehr gut mit seinen achtzig Jahren."

Milton kam. Der Zug war pünktlich, sogar fünf Minuten zu früh. Ich sah ihn sofort, am Schritt erkannte ich ihn. So ist er auch damals gegangen – auf unseren langen Bergtouren. Er holte aus, als wollte er eine Alm überqueren. Dabei ist Altona ein Sackbahnhof. Gleis sieben endet direkt vor einem Kiosk. „Bi-fi muss mit!"

„Milton, wie schön, dass du da bist! Wir haben uns so auf dich gefreut!"

Es war wunderbar, ihn wiederzusehen, mit ihm zu reden, ihm in seinen Vorlesungen zuzuhören … Fast wie vor dreißig Jahren und doch ganz anders. Ich musste mir nichts merken – kein Examen stand bevor –, nichts notieren. Aber zwei Sätze habe ich doch mitgeschrieben, bei denen ich dachte: Genau, so ist es! Es ging um das sechste Kapitel des Johannesevangeliums: „Du suchst Brot und Wasser und Leben … Das alles gibt es nur in ihm, in Jesus, der von sich sagt: Ich bin das Brot des Lebens. Ich bin Wasser für deinen Durst.

Nicht jedes Wasser löscht Durst. Wer in den Bergen wandert, der weiß das. Wasser, das direkt aus einem Schneefeld kommt, hilft nicht. Es muss durch Erde und Dreck, Sand und Geröll geflossen sein und alle Mineralien in sich aufgenommen haben. So ist es auch mit dem Wort, das von Gott kommt. Es muss durch alles Irdische hindurchgegangen sein, damit es unseren Durst löscht. Gottes Wort kommt durch Menschen zu uns, sie sprechen von Gott in ihrer Sprache, anders haben wir Gott nicht. Aber gerade so ist sein Wort Brot und Wasser für uns."

Einen Tag und eine Nacht war Milton in unserem Haus. Er hat die reparierte Lampe nicht bemerkt, die geputzten Fenster auch nicht. Wie sollte er auch? Und noch weniger die festgeklebten Fliesen. Er aß als Vegetarier kein Fleisch, nur etwas Quark hätte er gewollt. Von der Torte nahm er ein kleines Stück: „Mein Cholesterin, wisst ihr?" Aber er hat auf seinem Balkon den Hamburger Nebel tief eingeatmet und fand ihn „herrlich". In sein Buch, das er uns schenkte, hat er geschrieben, es sei „fabelhaft" gewesen, eine „Super-Gastfreundschaft". Also hat er es doch gemerkt. Alles hat er gemerkt. Ich wusste es ja!

# Wie ein Hamster im Laufrad

Ich kann nicht davon leben, dass ich jeden Morgen die Zahnpastatube zuschraube, die Schuhe in der Garderobe ordentlich hinstelle und leere Flaschen zum Supermarkt zurücktrage. Weshalb soll gerade ich immer alles an den richtigen Platz bringen, was die Kinder irgendwo liegen lassen? Sie sind alt genug, es selbst zu tun.

Pyjama im Bad vergessen, kostet inzwischen eine Mark vom Taschengeld. Hart, aber wirksam! Ich lebe doch auch nur einmal, und es ist meine kostbare Zeit. Ich hetze mich und laufe wie ein Hamster im Rad. Nur um es allen recht zu machen – und trete doch immer auf der Stelle. Jeden Tag die gleiche Haushaltsroutine. Das tötet meine Lebendigkeit!

Also habe ich die Arbeit auf ein Minimum reduziert und verbringe einen Teil meiner Zeit am Schreibtisch oder auf Vortragsreisen. Ich brauche die Herausforderung und das Glück des Gelingens. Dann macht es mir auch nichts aus, klebrige Küchenschränke und staubige Fenster zu putzen, Wäsche zu sortieren und zu bügeln. Aber immer wieder muss ich mal raus aus dem Haus, aus den Mauern meiner Seele. Auf zugigen Bahnhöfen frieren, weil die Züge Verspätung haben, mit fremden Menschen sprechen. Neue Themen und Fragen hören. Der Radius zwischen Waschmaschine und Supermarkt ist zu klein, dabei verkümmert mein Leben. Und unsere Kinder, die nun schon älter sind, brauchen diesen Freiraum meiner Nichtanwesenheit. Es ist nicht gut, wenn ich ständig für sie plane und denke, ihre Termine koordiniere und allen Schaden – noch bevor er überhaupt da ist – von ihnen abwende. Doch es fällt mir immer noch schwer, mich zurückzunehmen, nicht zu warnen, zu raten, zu beschützen und für sie vorauszudenken.

Als ich mit Susanne zum Supermarkt fuhr – unsere fast tägliche Strecke –, sagte ich: „Pass auf! Blinken! Du musst links ab!"

Susanne konnte es nicht fassen: „Mammie! Jetzt reicht's! Das weiß ich ja wohl selbst!" Und als ich ausstieg, schrie meine Tochter: „Mammie! Pass auf, dass du nicht in den Gully fällst! Gullys sind gefährlich! Vorsicht! Stoß dich nicht am Türgriff! Klemm dir die Finger nicht am Portemonnaie!"

Wir haben gelacht, und ich habe begriffen.

Es ist nicht gut, überverantwortlich und ängstlich zu sein, sich für alles zuständig zu fühlen. Genau dies ist das Thema zahlreicher Bücher, die Hausfrauen und Berufstätige aus ihrer elenden Lage befreien wollen.

Ich soll lernen, auf eigene Bedürfnisse zu achten, und mich nicht ständig zugunsten anderer vernachlässigen.

Die Titel sagen, worum es geht: „Windeln, Wut und wilde Träume", „Wohin mit meiner Wut?", „Das Superfrauensyndrom", „Wenn Frauen zu sehr lieben".

Ich habe diese Bücher mit Sympathie und Abneigung gelesen. Es stimmt ja, dass ich mich nicht nach den Erwartungen anderer richten muss, dass der alte Hausfrauenkodex nicht mehr gilt! Aber stattdessen wird nun ein neues Gesetz aufgestellt: Ich habe die Pflicht, auf mein Wohlbefinden zu achten und für mein Glück zu sorgen. Ich soll meine Fortschritte in dieser Hinsicht kontrollieren. Welch eine Angestrengtheit herrscht in diesen Büchern, die doch meine Freiheit wollen! Zum Teufel mit der Superfrau! Ja, aber vielleicht etwas heiterer, sonst komme ich vom Regen in die Traufe! Außerdem: „Eines schickt sich nicht für alle!" Das wusste schon Goethe. Nicht jede Frau leidet unter mangelnder Selbstachtung oder Anerkennung, sondern freut sich ihres Lebens als Hausfrau und Mutter.

Natürlich können Liebe und Hingabe übertrieben werden: Ich fühle mich nur gut, wenn ich anderen Gutes tue. Aus dem Glück, gebraucht zu werden, kann eine Sucht entstehen – bei zu geringem Selbstwertgefühl. Aber die mir anbefohlene Aufmerksamkeit für meine Person, für mein inneres und äußeres Wohlbefinden kann sich auch negativ auswirken. So viel Selbst-Zuwendung vertrage ich gar nicht. Ich soll darauf achten, wie matt meine Haut und wie glänzend das Haar ist, wie richtig das Gewicht, wie stark die Nerven, wie stabil der Kreislauf, wie gut die Reaktionsfähigkeit … Auch meine Seele ist wichtig. Ich soll zu mir selbst kommen. Aber wie lange kann ich es bei mir selbst denn aushalten? Was finde ich denn in mir vor?

Ich denke an die Predigt eines Freundes:

„Aus dem Innern leben? Da ist es oft genug wüst und leer, kein Quell des Lebens. Mir fällt der Schuster Vogt ein, Zuckmayers ‚Hauptmann von Köpenick'. Der wird von seinem Richter angefahren: ‚Mensch, geh in dich!' Vogts Antwort: ‚War ick schon. Is och nischt!'"

Keiner ist dafür geschaffen, „bei sich selbst" zu bleiben, aus sich selbst und für sich selbst zu leben. Gott will, dass wir uns gegenseitig eine Hilfe sind. Wer nur für sich lebt, stirbt in Verbitterung und Einsamkeit. Aus zu viel Selbstzuwendung und Selbstmitleid kann wohl nur neues Leid entstehen.

Das Problem ist: Mein Glück und das Glück anderer dürfen nicht auseinander gerissen werden.

Viel besser ist es, meinen Nächsten zu lieben wie mich selbst. Das ergibt Leben für beide. Und zugleich Gott zu lieben, „von ganzem Herzen, von ganzer Seele und von ganzem Gemüt". Dies zusammen ist das „höchste Gebot" und dem Leben freundlicher zugetan als der neue Trend, der mir die Jagd nach meinem Glück befiehlt.

Ich kann es mir leisten zu lieben, Zeit und Kraft zu verschwenden, ohne dabei selbst zu verkümmern. Ich kann es, wenn Gott mein Herz mit seiner Liebe wärmt.

Eine chassidische Geschichte erzählt von Rabbi Naftali, der eines Abends beim Spazierengehen einen der Wächter traf, der die Häuser der Reichen bewachte.

„Für wen gehst du?“, fragte ihn der Rabbi. Der Wächter gab Auskunft, fügte aber hinzu: „Und für wen geht Ihr, Rabbi?“

Das Wort traf den Rabbi wie ein Pfeil. „Noch gehe ich für niemanden“, brachte er mühsam hervor. Dann ging er lange schweigend neben dem Wächter her.

„Willst du mein Diener werden?“, fragte er endlich.

„Das will ich gern“, antwortete der Wächter. „Aber was hätte ich zu tun?“

„Mich zu erinnern“, sagte der Rabbi, „mich immer wieder zu fragen: ‚Für wen gehst du?‘“

# Der untere Rand der Sonne

Der Tag war so turbulent heute; ich bin ganz erschöpft. So gehe ich noch einmal aus dem Haus und mache einen Weg über die Felder. Sie sind weit und grün; darüber schwere graue Wolken. Dann kommt ein Wind auf. Die Wolken ziehen über mich hinweg und geben am Horizont ein Stück Himmel frei. Der untere Rand der Sonne, tiefrot, wird sichtbar. Immer höher ziehen die Wolken, nun ist die Sonne ganz da. Ein großer, roter Ball, der fast blendet.

Alles ist in dieses Licht getaucht. Das Violett der Vogelwicke an der Hecke beginnt zu leuchten: blau-violett, hell, rosa …

Welch eine Verschwendung an Farben! Dabei ist es nur ein Unkraut, das man herausreißt, weil es alles überwuchert.

„Herr, wie herrlich hast du alles gemacht!
Diesen Himmel und diese Erde,
sogar dies Unkraut – wie schön es ist!
Dich selbst kann ich nicht sehen,
aber ein Stück deiner Herrlichkeit:
diese große, rote Sonne!
Sie ist wie ein Zeichen deiner Gegenwart.
Herr, ich danke dir,
dass ich so vor dir, in deiner Nähe sein darf."

Ganz langsam gehe ich, um dieses Glück dauern zu lassen. Aber dann schiebt sich eine Wolke vor die Sonne, und alles ist wieder grau. Der Wind wird kühler. Die Nacht kommt. Aber dass es diesen Augenblick und dieses Licht gab – wie eine Tür zum Himmel.

Ich bin hineingegangen und war zu Hause. Ruhe und Frieden, die den Tag glätten.

„Wie soll ich dir danken, Herr?
Ich könnte nicht einmal so etwas Geringes machen
wie dieses Unkraut – so vollkommen schön.
Aber ich könnte – solange ich lebe – sagen,
wie herrlich du alles gemacht hast,
wie wunderbar du tröstest
und wie du dich selbst schenkst. –
Wenn du es zulässt und mir Worte gibst, Herr,
könnte ich es vielleicht.“